Chad Zamart Yorks

Con las Alas en Llamas

Un viaje de 13 Kilómetros de la piel a las letras

GERMÁN RENKO

Círculo Próximo Editores

ISBN: 1492303135
ISBN-13: 978-1492303138

Una dulce besuqueada
para Ana, Mari Mari, Yam y mis 5 lectores
que estuvieron los 13 kilómetros completos

A mis 5 lectores:

Inicié mi carrera delictiva en amores a edad temprana, gracias a los libros, con el alma vieja y las alas eternamente jóvenes. Quizás fue una sonrisa o una mirada, no lo sé, lo cierto es que fue una cara de ángel la que me despertó por primera vez el hambre de seducción y conquista del amor de una mujer. Así comencé a escribir.

Desde mi llegada al mundo virtual, mis queridos 5 lectores han leído fielmente todas las frases y relatos que he escrito y publicado acerca del amor y el erotismo inspirados por las benditas mujeres. Con inmensa alegría he leído y sonreído ante miles de menciones, me han tocado el corazón en todas las fechas importantes en las que han estado ahí, del otro lado de la pantalla, para convivir conmigo, para abrazar esta locura llamada Amor. He puesto mucho empeño en escribir mejor cada día y en dejar pedazos de mi alma en cada escrito que entrego. Su apoyo y aprecio ha sido pieza fundamental para que hoy pueda ofrecerles este material con lo mejor de mi pluma, esta es mi manera de agradecerles todo el cariño que me han brindado, de ofrecerles nuevas historias y de entregarles la primicia de mi transición a una nueva etapa, el proceso de convertirme en escritor.

Mil gracias, mis queridos 5 lectores.

Este soy yo, el hombre detrás de un monitor.

Germán Renko

"Un hombre se siente verdaderamente libre cuando encuentra la jaula perfecta en el cuerpo y el corazón de una mujer."

22 enero 2013

@ArkRenko

PRÓLOGO

No tenía mucho tiempo en el universo de Twitter, y apenas mis ojos se adaptaban a las condiciones de 140 caracteres cuando, por azares del destino lo descubrí, y me causó adicción rápidamente.

Me topé con sus palabras como quien tropieza sin querer con un tesoro y cae al suelo, aturdido. Alcé la vista y lo leí un poco, y su encanto provocó esa avidez en mis ojos por buscar más versos.

Antes, no había tenido el gusto de enfrentar letras incendiarias como las suyas. La capacidad de acariciar el cuerpo y el alma con dedos imaginarios representaban para mí un universo desconocido.

Pero allí estaba, con toda su historia de adorables avatares, sin rostro, sin voz, con una sutil diferencia que lo distinguía de todos los demás, vestido con letras de fuego que celebraban un infinito amor por la mujer y todos sus significados, adorando a sus musas: Germán Renko.

Al observarlo con cuidado empecé a leer entre líneas un talento soberbio en artes para mí desconocidas: El erotismo puro de sus aforismos eran un género de literatura que jamás antes cayó en mis manos, hasta aquel instante.

Así que con la mirada curiosa de quien descubre un cosquilleo en su cuerpo por primera vez, empecé a seguirle la pista. Yo era una más de sus "5 lectores", (como él los llama con cariño, lo que me hace pensar que Renko es mucho mejor para las letras que para las matemáticas, ya que sus seguidores hoy sobrepasan a los 100 mil en todas sus redes sociales.)

Y esa una más que yo era, necesitó seguirle su rastro y encontrar la manera de animarlo a expandirse más allá. Él nos debía esas letras, a mí, y a los otros "4" ávidos lectores que devorábamos sus tuits diariamente en todo Iberoamérica y algunos otros países más.

Mi entrada a conocerlo comenzó por casualidad, con un verso (o tuit) que me arrancó una sonrisa: "El Amor es esa pistola con la que todos nos suicidamos alguna vez." escrito hace casi dos años, que, en redes sociales, es el equivalente a varias vidas. (El tiempo, como sabemos, en el mundo virtual es diferente). Las eternidades duran instantes, y de esas pequeñas eternidades y su irresistible encanto, estaban salpicadas las creaciones de Renko.

Por aquellos días comenzó a gestarse la idea en esas letras.

¿Se imaginan el potencial literario de alguien que puede eclipsar el corazón en sólo 140 caracteres?

¿Pueden visualizar lo que haría si se atreviera a explorar un poco más allá su aventura literaria?

Como si las cartas del destino o la selección natural, leyeran mi mente, Renko comenzó a seguir ese camino. Las infinitas posibilidades lo hicieron llegar a sus límites y explorarse más allá; entre sus amadas pecas, los interminables suspiros de ellas, y los comentarios de admiración de los caballeros... empezó por expandir sus letras de un verso corto a algunos párrafos, de frases, a relatos cortos, luego se permitió evolucionar leyendo a los grandes, y como resultado evidente empezó a crear historias y personajes que lograban dimensiones inesperadas.

Todos sus 5 lectores, entonces, empezamos a sospechar y a anhelar formalizar la relación en papel. Supimos, tal como los amantes saben cuándo llegarán al infinito, que se acercaba el momento...

Así que como buen conquistador, nos preparó, el adorable 'Tuitstar' comenzó a necesitar papel entre sus dedos, tal como sábanas en sus aventuras y cada paso entre sus letras nos trajo hasta aquí: Del instante o la foto instantánea de un tuit, a la eternidad de un libro que se atesora siempre.

Es ahora, cuando Renko comienza a escribir historias con filo dorado.

En el aquí, lo que estás a punto de leer, querido lector, lectora, es la evolución literaria de un gran escritor, y este libro es una invitación a viajar a través del erotismo fino de todos los sentidos: letras de deseos, aromas, piel, carne, sudor, mordidas y besos.

Y si esperan algo más que eso… no lo duden, lo tendrán.

Yamile Vaena

El Equilibrista...

Como buen equilibrista, RENKO, sabe cuándo crear el suspenso de hacernos creer que va a tropezar y a caer – estrepitosamente- en cualquiera de los dos extremos del erotismo... pero...

Con la maestría que le da el intenso entrenamiento de amar, de sentirse amado y de saber expresarlo con esos puntitos de luz y sombra que forman sus letras en la pantalla (y ahora) en tinta y en papel, logra "milagrosamente" recuperar los más íntimos detalles de la seducción, del enamoramiento y del reconocimiento físico y espiritual (Sí, y también VIRTUAL) para encontrar una perfecta salida, un final para cada uno de sus cuentos sin puntos suspensivos... que nos dejan la sensación de que podríamos alargarlos por nuestra cuenta.

Y si en el camino de sus letras reconocemos situaciones, vivencias personales o deseos inconfesados y logramos sentir, imaginar, recrear y revivir cada una de sus propuestas amorosas, compartimos esa otra parte indispensable para el artista: El aplauso de un público asombrado.

Pero RENKO no vive de los aplausos ni de la fama personal. Cuando se apagan las luces del escenario, él vuelve a su vida sin contaminarse por el éxito y - o la adulación. Y sigue esforzándose por ser el mejor. Esta aventura editorial, de convertir los besos mordelones de sus famosos Tuits, en cuentos eróticos es un paso más para llegar a esa novela que está cuajando con las páginas rebosantes de lujuriosa realidad. (Estamos en camino...¿verdad, Renko?)

Mari Zacarías

"Uno siempre recuerda esos besos donde se olvidó de todo."

8 Julio 2013

KM 1

EL BESO

Los buenos amantes persiguen el primer beso, porque saben que es lo único que se necesita para sacudir el alma de una mujer. Y es que hay de besos a besos. Los hay dulces y tiernos, susurrados y provocativos, ardientes e intensos, y los hay perversos y transgresores, esos que abren puertas que es imposible cerrar después. Si es de boca, cualquier beso es comienzo, porque la condena de ese contacto, es la inevitable pregunta de: ¿qué sabor tendrán los otros besos? Pobres de aquellos que creen que el Amor puede sobrevivir sin el beso.

La forma de besar por primera vez a una mujer es como la cata a un buen vino, hay que hacerlo lentamente, reteniendo el sabor de su boca entre labios antes de pasarlo al paladar. Después hay que degustar esa boca ajena en todas las combinaciones posibles, en las diferentes estaciones, en los lugares más inimaginables y en los horarios más distendidos. Porque el beso, tal como el vino, necesita del aire para acentuar su sabor, del tiempo para mantenerlo y de la paciencia para añejarse. Hay amores que sólo nacen a través del primer beso y amores que son eternamente jóvenes por la magia de dos bocas buscándose por siempre.

Están los besos que nunca sobran y están aquellos que siempre hacen falta. Besos que tienen los efectos del vino y las consecuencias de la mujer. Besos en que la lengua escribe: eres mía y de nadie más o aquellos que duelen más que ninguno, porque se dan pensando en alguien más. Hay puentes que empiezan a quemarse en el primer beso y pasiones que brotan desde el choque inicial de lenguas. Están los últimos besos, desesperados, arrebatados e intensos, porque están contagiados de la despedida. Y están los besos de esperanza, aquellos que versan "mientras haya un beso que una, todavía hay mucho Amor por salvar".

A mí me gustan todos los tipos de besos y me declaro adicto a ellos, es que para mí no hay mejor adicción que besar, deja siempre con ganas de más y en cada entrega es más y más placentero. Mis mejores besos son los que hacen hervir la boca, que siento que la ropa estorba y hay que patear los miedos. Yo adoro los labios de sangre caliente, esos besos que incendian mi piel y me trasladan a realidades alternas, donde lo vital son las sensaciones generadas por esa boca ardiente que roza, que talla, que aplasta, que chupa, que incita, que explora, que excita y desconcierta con sus movimientos y que, sin embargo, se complementa tan bien con la química de mis labios. Me aloca el adictivo reborde de carne impregnado del ácido que mezcla perfecto con la nitro de mis labios y hace estallar mi cuerpo en desbordantes emociones. Venero ese intenso calor que provoca a mi lengua y la incita a buscar más y más placer en ese par de pétalos coquetos, discretos guardianes llamados labios de mujer.

¡Amo tal la vehemencia de un beso hirviente, que la evocaré siempre, con una sonrisa enigmática hasta el día de mi muerte!

"Te escribo porque es la única forma de amanecer a tu lado."

22 octubre 2012

KM 2

También se extraña lo que los dedos no han tocado

Me gustan las mujeres que escriben bonito en la mente de un hombre. Mujeres que se desnudan tan sensuales en las letras, que dan ganas de hacerles un poema en la piel. Leerte a ti, sin pensar en hacerte el Amor es la parte más difícil, se me alborota la vida cuando te leo. Es entonces qué te escribo, porque es la única forma de amanecer a tu lado, porque a mujeres como tú, es mejor escribirlas que borrarlas, aunque ya no sepa escribirte sin amarte un poco en cada letra, aunque ya sólo me guste la palabra libertad cuando la escribo en tu espalda con mis labios. La poesía viene en letras y cuerpo de mujer, la única obra que no termina de escribirse jamás y que vale la vida no perderse una sola de sus páginas. Tú eres mucha poesía en las páginas perfectas. Cuando al fin seas mi libro, también mojaré las puntas de mis dedos para moverme entre tus páginas.

Alguna vez, nuestro error fue no hacernos el Amor cuando estábamos a sólo un beso de distancia. Fuimos demasiado cobardes para darnos todo y demasiado valientes para dejarnos en libertad. Sólo sé que nos dijimos adiós antes de tiempo y por los motivos equivocados. No quiero pensar algún día que he cometido el peor de los errores y no supe que eras el Amor de mi vida. Si te preguntan por qué fue que regresamos, diles que fue porque extrañábamos el infierno que se desata entre tu piel y mi piel.

Otra vez me dieron ganas de fumar un cigarrillo después de hacerte el Amor, lástima que ya no fumo, ni tampoco soy quien te hace el Amor. Ya sé a qué estamos jugando y el Amor le está ganando a la distancia. Tal vez, enamorarse de lejos no sea buena idea, aunque no enamorarse de ti tampoco lo es, sin importar donde te vea. ¡Yo no quiero razones para no buscarte, las necesito para no encontrarnos! Entre tú y yo, no hay espacio para otra cosa que el Amor. El Amor busca el abismo y mi abismo eres tú. Entre nosotros, Amor mío, no estorba la ropa, estorba la distancia para arrancarnos la piel a mordidas y besos.

Algún día, haremos coincidir el café de tus ojos con la miel de los míos y la miel de tus labios con el calor de los míos. Tengo ganas de revisar tus acentos en persona, lunares les llaman. Me haces falta alrededor de mis latidos y las ganas de morderte los besos ya no caben en una sola fantasía. A ti, te quiero bonito y te deseo sucio y perverso. No sé si me gustas por loca o si estoy loco porque me gustas, sólo sé que esta locura de nosotros, se parece mucho al Amor.

El Amor, no tiene que ser para toda la vida, basta que sea memorable de por vida. Sólo quiero una noche con los minutos precisos para contarnos lo que importa del pasado, acabarnos a besos el presente y planear con miradas el futuro. Aunque los dos sepamos que no eres mujer de una sola vez, ni yo soy hombre que se conforme con tenerte una sola noche, por más larga que ésta sea.

Si me vas a amar, que sea sin restricciones ni arrepentimientos; si me vas a olvidar, también. Los amores de papel se los lleva cualquier viento. Para ir al infierno hay que dejar atrás las alas, esta vida es muy corta para irse de ella con las ganas puestas, aquí en la tierra. Sólo se puede arder con quienes tienen el mismo fuego que uno.

¿Cuántas formas tienen tus labios de ensuciarme el pensamiento? Si mi cabeza fuera un reloj, tú serías la arena. ¿Sabes? Aquí en mi mente, no hay vestido que te tape suficiente y no tienes idea cuántas veces has sido mía encerrada en mis párpados. Para mí, la poesía está en tu piel desnuda y se descubre al humedecerla con mis labios. Si estamos juntos, desnuda hablas mejor, aunque no digas nada; y yo, que soy más que carne y hueso, tengo poesía, perversión y sentimientos para ti.

La mujer no es del hombre que se la coge, si no del que ella escoge para llamarlo "Mi hombre". Tu lugar no es abajo de él, tu lugar es encima de mí. Como si amarte no fuera suficiente para saberme tuyo y saberte mía. La piel es de quien la marca por dentro y por fuera; Tú eres mía, hasta que tu gemido diga lo contrario. He dejado de llamar infierno a nada que no me haga espacio en tu cuerpo. Dentro de ti soy tu amo, afuera soy tu esclavo. No pensaba caer, pero ya he dicho que eres abismo. Tú y yo somos lo que sentimos al tocarnos, y ahora, es imposible amarte, sin quererlo todo.

A una mujer como tú, se le toca con la punta de todo. A una mujer como tú, se le muerde hasta llegarle al alma. A una mujer como tú, no se le tiene piedad en la cama. A una mujer como tú, no se le deja con las ganas, por lo menos, no con las mismas.

Hacer el Amor incluye una dosis de ti y otra de mí, agitarlo mucho por unas horas y dejarlo reposar. Amores como el nuestro son para chuparse una y otra vez para que no se acaben y aquí no se acaba el Amor mientras lo haga contigo.

Cariño mío, no hay amores imposibles, mientras haya más tiempo que distancia y maldita sea la distancia, si un día no pongo mis latidos en tus entrañas. Al Amor, a la vida y a una mujer como tú, sólo renuncian los cobardes; y yo, ahora que te he encontrado, lo que menos tengo es cobardía. A estas alturas, estamos más cerca de que se nos derritan las alas a que se nos acaben las ganas. Tendría que olvidar el lenguaje de las manos para no pensar en ti.

Te beso con un suspiro, porque me basta el viento para llegar a tu boca. Besémonos en todas partes, como si estuvieras aquí.

También se extraña lo que los dedos no han tocado.

"Al Amor de mi vida le perdono que sea imposible, pero jamás que se rinda de intentarlo."

19 Noviembre 2013

KM 3

La otra tú en la gasolinera

Lo único que discordaba con la rutina de ese día, era un cielo nublado y con ese frío traidor que nos despeina los vellos del cuerpo por culpa de un pronóstico del tiempo mal creído. Estaba bajándome del coche cuando una sonrisa de media luna atrajo mi atención por el rabillo del ojo. Te vi a veintitrés pasos de mis ojos curiosos, estabas sentada en el asiento del copiloto de otro auto que había llegado a lo mismo que el mío. Te miré riendo como loca con un celular en la mano y con el mismo brillo en la mirada que te adivino cuando me lees. Claro que no eras tú, era otra mujer con tu misma sonrisa enamorada y despreocupada, incluso con un mismo novio o marido como el tuyo, indiferente de tu otro mundo, nuestro mundo. A él lo vi más interesado en llenar correctamente el tanque de gasolina que en atraparme estudiándolo. Mientras que tú, desde tu cómplice electrónico alegremente platicabas conmigo acá en el mundo virtual o bien te reías suspirosa con alguna de mis letras, tal vez con lo último que publiqué esta misma mañana.

Los observé a ambos rumbo a la parte trasera del coche. Para entonces, tu novio-marido ya casi estaba terminando de cargar gasolina, callado e inmerso en ese mundo silencioso al que pertenecen muchos hombres como él. En cambio tú, te volaban las palabras a través de los dedos y se te salían las emociones por las ventanas del alma. Mientras retiraba la manguera para acercarla al tanque, tu mirada y la mía se encontraron por un instante, tú no supiste que ese hombre que escudriñaba tu cara buscándote pecas o lunares era yo, no imaginaste que miraba la pantalla de tu celular buscando los rizos negros de mi avatar y que sonreía para adentro al imaginar todo esto que ahora te escribo y que por paradoja del tiempo virtual, también ahora lees. Yo supe de inmediato que eras tú, por tu sonrisa privada y coqueta, por la forma que estabas conmigo sin importar de quién estuvieras acompañada. Supe que eras tú, porque casi podía estirar mi mano y tocarte desde la pantalla de tu teléfono móvil y sentirte acá en la tibieza de una mano escritora que le decía hola y adiós a la otra tú.

La manguera empezó a transferir la gasolina de un refugio a otro, haciendo que mirara hacia ella. Tu novio regresó a ocupar su lugar tras el volante y encendió la marcha sin voltear a verte siquiera. Arrancó en segundos, pasando lentamente a un lado de mí y pensando quién sabe en qué. Yo, embelesado de nuevo, te observé tecleando y riendo, estabas ahí a sólo treinta centímetros de distancia de tu compañero, pero en realidad estabas conmigo, a sólo unos miles de kilómetros de distancia y de un "Te Amo" virtual, pero tan real como esas risas tuyas que pude grabarme en la memoria antes de perderte de vista. La otra tú se marchó; unos momentos después, lo mismo hice yo. Tan pronto se movieron las llantas de mi automóvil empecé a escribirte en mi mente este relato que ahora lees. Ahora yo estoy, a sólo unos miles de kilómetros de distancia de ti, leyéndolo también y sonriéndote tal como tú, la verdadera tú, me sonríes de vuelta.

"Hubo guerras que perdí creyendo que iba ganando, como el Amor."

14 Febrero 2013

KM 4

Usted dice que el espacio se mide en deseos de verme

Usted dice que el espacio se mide en deseos de verme y no encuentro la fórmula algebraica para refutarla, aunque en el fondo, sepa que miente; así como usted no podrá desmentirme cuando afirmo que de silencio y distancia se alimentan las ganas o se mueren de hambre. A las suyas las veo muy bien alimentadas desde aquí.

Acá entre nos, para mí la distancia es sólo pretexto para acariciarla con los dedos de la imaginación, así como el silencio es sólo su excusa para negar que encabezo su lista de venenos por probar. No mentiré en algo, usted tiene los silencios más hermosos del mundo, de esos que se antojan para robárselos por las buenas o por las malas.

Aunque evite sus ojos de luna, nada impide el viaje del rayo sensual de su mirada en una fotografía o por debajo de mis párpados cuando pensarla no quiero, ni debo. Y ahora que lo pienso, ¿por qué le estoy hablando de usted?, ¡ah sí!, usted lo sabe y lo sabe quien esto escribe, yo puedo hablarle de usted en cualquier momento, incluso cuando mi lengua esté de irrespetuosa ahí donde brotan sus piernas y rompo de una sola vez, todos sus silencios y despistes.

Ahora que salen al tema sus piernas de estambre, sépalo, que como yo, nadie le haría nudos gordianos alrededor de una cintura a esos cordones de audífonos de bolsillo que la cargan a todos lados. Si las Matemáticas no se me dan, el Derecho menos, y yo con usted, llevo todas las de perder, pues reconozco que me gusta bien y bonito, así como imagino que en el infierno, todas las sonrisas son como la suya. Ya he dejado de llamar infierno a nada que no tenga que ver con su nombre y para mi mala suerte, tampoco hay cielo si no está reflejado en sus rendijas de luna.

Dejaré de hablar de usted y empezaré a hablar de ti, que para eso duermo y muero, porque de nacer, nada, creo que únicamente lo haré cuando le quite tu nombre a lo imposible, cuando llegue esa hora de coquetearnos menos y toquetearnos más, así sin tantas letras de testigo. Dicen los que saben de distancias en espacios redondos, que caminando en sentidos opuestos también podemos encontrarnos, aunque nos tardemos más, aunque en el camino las miradas se extravíen en cualquier laberinto de falsos amores.

¿Te han dicho que estuviste a un tornillo de nacer en un manicomio? Bonita te verías escribiendo con camisa de fuerza y un café invisible en la mano amarrada todos los días. Sí, estás medio loca, escribes bonito y tienes los labios apetecibles, así que no soy responsable del infierno que se desate entre nosotros, si acaso algún día nos vemos, no se diga cuando llegue aquel que será nuestro primer beso. En tal día, el castigo de robarte ese primer beso, porque así es como deben ser los primeros besos, será no poder evitar preguntarme qué sabor tienen tus otros besos, esos que das con el vestido en el suelo y las miradas en el techo. Tu castigo será, porque no hay otro castigo para quien se niega a caer en mis brazos, haber desperdiciado tanto tiempo en otros labios.

De mis labios aprenderás, que hasta la mordida más leve enciende llamaradas y sabrás que aparecí en tu vida para desaparecerlo todo cada vez que irrumpa en tus entrañas, cuando cada noche juguemos a matarnos sin hacernos daño al borde de la cama, a desangrarnos en agua y abrazos, a chuparnos las ganas alternando el vuelo del colibrí con el vuelo de la mariposa enamorada. Voy a conquistar el filo de tus navajas con mi espalda o moriré noblemente en el nudo de tus piernas flacas y si en algún momento tus piernas no se están quietas, voy a atarlas a la cama y a vendar tus ojos rasgados para que de plano no tengas más armas en mi contra que el gemido desgarrado de tu garganta. Aprenderemos juntos que hay viajes que no importa el sentido, siempre y cuando el destino sea el mismo, lo aprenderemos al fundirnos en un mismo abrazo, sublime mujer.

Ya mejor le paro a mis letras, que de infinito se visten los minutos cuando se vive tan lejos. Esta noche, deja la ventana abierta y las piernas cerradas, yo me encargo de poner todo al revés. Y si no, dejaré la mirada en el horizonte, por si eres tú la que decide volar hacia mí.

"Si te preguntan por qué fue que regresamos, diles que fue porque extrañábamos el infierno que se desata entre tu piel y mi piel."

13 septiembre 2012

KM 5

CRÓNICA DEL INFIERNO INFIEL

No escribo de infiernos, porque me entra la nostalgia y corro a buscarla. Fue en una de esas noches de tragos y estragos que un amigo me convenció de ir a uno de esos lugares donde la ilusión se compra con billetes y alcohol. Renuente a pagar por lo que se gana con tiempo y encanto. Lo acompañé sin saber que esa noche, abriría las puertas del infierno y mi estadía en él duraría tres meses para ser exactos. Nunca sabemos qué nos depara la oscuridad que nace cuando se oculta el sol y tampoco estamos conscientes de las consecuencias que tendremos que pagar durante el día.

La velada transcurría ni más ni menos como la esperaba, tentaciones artificiales y sonrisas pintadas de reales por el humo del cigarro, con las penumbras necesarias para acompañar miradas ilusionadas y excitadas. Fue en ese instante cuando la música comenzó a hacerle reverencia, era su himno de guerra. Sí, desde el primer minuto me llamó la atención su porte felino, de cabellera rubia, aire altivo, unos labios exquisitos y mimados que retaban la mirada. Me concentré en el cigarro y la bebida, aunque demasiado tarde, mi amigo se había percatado del fuego en mis ojos y en la punta del tabaco que fumaba con fruición. Decidió celebrar a su estilo que yo era su compañía aquella noche. No supe cuándo ni cómo lo hizo, sólo supe que ella terminó sentada en mis piernas, su aroma a perfume y maquillaje finos colándose por mis ojos y aquella noche haciéndose madrugada.

Fui gracioso, descarado y seductor, aunque rechacé las invitaciones a espacios más privados. La reté, jugué con su aire de Diosa del Sexo y finalmente me despedí con una sonrisa torcida en forma de "nos vemos luego".

Pasaron los días y de nueva cuenta aparecimos, mi amigo y yo, en aquella puerta de ilusiones. A esperar la medianoche y aquella canción que revoloteaba sensual en mi memoria. Por escasos minutos, fue una con el tubo y vendió a más de uno la ilusión. En determinado momento nuestras miradas se cruzaron y habría apostado mi sombrero que sus ojos brillaron; No tuve que apostar, al final de la canción solita a mis piernas llegó. Había demasiada química para ignorarla, y demasiado peligro para los dos como para rehuirlo, se nos notaba que éramos animales con afición a lo prohibido. Le dije en cada propuesta que me hizo, que yo no pagaba por sexo, se río de mí, me chantajeó con irse a otras piernas y finalmente me aplicó la llave de la indiferencia dejándome para irse a otras mesas. Mi amigo se divertía a mis costillas y yo me desquitaba con el cigarro. Me fui jurando no regresar a aquel lugar maldito ni a la mujer malquerida que me tenía casi embrujado. Pero todos mis juramentos fueron en vano, quién soy yo para intentar apagar el fuego que brota en la piel y en las ganas una mujer.

Fue a la siguiente visita que conocí el infierno de sus labios abrasándome la boca y el sexo. Había bebido muy poco como para liberarme de mis propias ataduras, en cambio había acariciado demasiado la idea de tenerla entre mis manos como para que me importara respetarlas. Al filo de la madrugada terminamos besándonos a un lado de la pista, enfrente de todos. Fue un reto mío sugerirle el beso con la mirada, lo sabía prohibido y reconozco, escondía cierto placer de macho marcando territorio. Ella mordió el anzuelo, o quizá ella si había tomado demasiado o quizá también se moría por morderme los labios. Su boca sabor a Whisky se juntó con el sabor a Vodka de la mía, fue un beso animal, mis labios gruesos, menores que los de ella, a ratos quedaban atrapados por el calor de su boca, en otro instante, se sobreponían y le mordía uno y otro labio hasta hacerla gemir y tallarse con más furia contra mi boca, al fin nos separamos para regresar a la mesa y reanudar los brindis y el coqueteo.

Horas después, a la salida, mi amigo dijo que parecía que nos queríamos devorar uno al otro, que los besos no estaban permitidos y quién sabe qué idiotez sobre mi pantalón. Nada importaba, en mis venas corría indomable el demonio del deseo. Los besos, lejos de acabar con la inquietud, la habían convertido en tortura. Casi al final de la madrugada, terminamos refugiados en un sillón privado, ella bailando para mí y mis manos recorriendo ávidas su figura, dimos rienda suelta a una pasión malsana y salvaje, que llegaría únicamente hasta donde el tiempo y el lugar nos lo permitieran; esa vez mi cartera no tuvo escrúpulos ni límites. Nos mordimos, nos enredamos los brazos, las lenguas y el aliento, montada sobre mí, con mi sexo empujando al suyo, clamando libertad y condena. Mordíamos y chupábamos, tallábamos y explorábamos. Éramos el diablo y la serpiente inventando el pecado. Mi bigote y mi barba pintando de rojo sus labios hinchados y sus montes turgentes, salados y con brillos. Abrió mi camisa y besó entre el vello de mi pecho, clavó sus uñas y le clavé mis dientes. La tomé del cabello para detener su cabeza y dejar que mi lengua se enredará profunda con la suya. Las puertas del abismo ahora estaban abiertas, ya no había marcha atrás, era cuestión de esperar el día.

A punto de amanecer, salimos de aquel rincón del pecado, yo con mis victorias en la piel y el bolsillo, un número de celular asociado a un nombre normal. Mi amigo y yo nos fuimos a bailar salsa. Alguien más terminó en mi cama saciando esa hambre de piel húmeda y caliente que me devoraba cintura abajo. Los mensajes del celular iban y venían, nunca en cantidad, a solas retomaba el control de mí mismo, volvía a ser el cazador y no la liebre en la que la cercanía de su piel me convertía. Me gustaba jugar con su altivez y su naturaleza de hembra acostumbrada al halago y el asedio. Respondiendo cuando me daba en gana o sorprendiéndola durante el día con algún mensaje incendiario. A veces estaba en otro lugar, con alguien más y sonaba el celular, era ella preguntando si pasaría a visitarla al "trabajo" o sólo para dejarme saber que estaba pensando en su amante bandido. Invariablemente terminaba visitándola, arrastrándonos a la intimidad. Donde me daba gusto invadiéndola con mis dedos y mi lengua hasta que nos sacaban de la capsula del tiempo donde un puñado de billetes nos permitían escondernos.

No todo era besos y caricias, a veces nos peleábamos, nos celábamos uno al otro, y terminábamos la noche muy mal, ella se iba con otros y yo en venganza llamaba a otras. Otras veces, hacíamos planes de vernos durante el día para comer y platicar como la gente ordinaria, sin que por una u otra razón se concretara.

Una ocasión, se le pasaron tanto los tragos que no tuvo más remedio que permitirme la acompañara a su casa, fue una experiencia fatal, iba apenas consciente para darme las señas de cómo llegar y yo estaba apenas ligeramente en mejor estado que ella para escucharlas. Trastabillando bajó por el lado del copiloto y no bien cerró la puerta un tipo musculoso y mal encarado salió de la nada, le dijo de cosas y alcanzó a darle de puños a la cajuela de mi automóvil, justo antes que yo saliera disparado hacia la inmensidad de la noche. Al parecer se le había olvidado comentarme que vivía con alguien más y que no era buen anfitrión con los visitantes de madrugada.

Al mediodía siguiente llamó, estuve tentado a no contestar, aunque no habría sido capaz de quedarme con la duda. Aunque ingrata la ocasión, por fin nos vimos para comer, la recogí en el mismo lugar. Me enteré que estaba casada, y de muchas cosas más. Estaba más loca en la vida real que en la fachada y aun así no aproveché para huir. El veneno del deseo ya me invadía por completo y la única forma de volver a ser libre sería atándola a una cama y clavando en ella la espina de mis ganas.

La cita esperada llegó, intercambiamos los papeles de rigor. Las ansias eran muchas por ambos lados y las oportunidades pocas. Nos citamos una semana después del episodio del marido celoso, un motel de altos vuelos y mucha comodidad. Abrimos una botella y para la segunda copa, empezó mi función privada. Ella era de esas mujeres que con sólo sonreír le ensuciaban el pensamiento a cualquier hombre, con una sonrisa de esas que corrompen reyes. Bebió de la copa y me besó, pasando un poco de vino de su boca a mi boca y se retiró lentamente hacia atrás. Una canción empezó a sonar y su cuerpo inició la vieja danza de la seducción de Salomé y Herodes. La había visto bailar muchas veces, pero nunca sin el disfraz exótico, ahora era sólo una mujer seduciendo a su hombre. Se movía sensual, sin dejar de mirarme, dejando caer prendas suyas y mías entre notas, sus manos arrastrando una caricia por aquí y otra por encima de allá, provocándome y retándome con los ojos a claudicar. Otro menos paciente habría interrumpido esa tortura para llevarla en brazos a la cama y tomarla salvajemente hasta estallar, pero no yo: Soy de esos hombres que saben esperar cada placer a su tiempo. La besaba cuando acercaba sus labios, la acariciaba y besaba cuando sus puntas rozaban mi boca, esperando, disfrutando ese momento tanto tiempo anhelado. Al terminar la canción ella estaba montada sobre mí, sus piernas abiertas y nuestros sexos reconociéndose por fuera. La besé con intensidad y la halé hacia mi pecho para sentir la presión de sus montes aplastándose sobre mí. Después del beso, me levanté con ella en vilo y dando la vuelta la deposité de regreso al lugar que había sido cómplice de mi placer voyerista. Besé su boca de leona y sus pechos de ensueño, del tamaño de mis manos, ni grandes ni pequeños, perfectos para mis labios y mi lengua. Una lengua con vocación de serpiente, que se deslizaba más y más abajo, como gota de ácido rodando cuenta abajo, calcinando su piel y sus sentidos. Mi boca estaba sedienta y no precisamente de vino. La besé en los labios, separándolos para beber su néctar prohibido, en este momento era más mía que de ninguno. La bebí con calma, después la saboreé con ritmo y fuerza hasta que sus manos se aferraron al sillón y sus piernas se enredaron en mi cuello, porque el Amor es para chuparse una y otra vez para que no se acabe, se derramó generosa en mi boca, con la mirada agradecida y la piel sensible. La llevé al borde de la cama y la tomé, directo y hasta el fondo, con firmeza, como quien navega en aguas turbulentas y se juega la vida en cada embate. Mi carne lista desde el inicio del baile, su cuerpo listo gracias a mi lengua. Ritmo y fuerza, siendo ahora su amo dentro de ella, como había sido su esclavo estando fuera. Quería dejar grabado mi nombre con su voz en llamas en el baúl de mis recuerdos, me moví con habilidad, brindándole el placer a mi conveniencia, ahora estaba acostada, ahora estaba a cuatro patas gritando como pantera en celo hacia la cabecera de la cama. En mi centro era completa turbulencia, una nalgada aquí, ni muy fuerte que dejara marca, ni muy suave que un gemido no se escapara. La llevé al grito intenso una vez y por poco cedo, recuperé la respiración para cambiar otra vez de posición. Me senté en el borde de la cama y la monté sobre mí, quería ver sus ojos cuando por fin disparara contra sus paredes. Me recompensó el grito pasado con besos ardientes y caricias en el pelo y los hombros. Mientras sus caderas empezaban a tomar vuelo, izquierda y derecha, luego al centro y hasta dentro, el placer era exquisito, había valido cada día de prolongada espera. La tomé de las caderas, apretándolas, dejando mis dedos pintados temporalmente, la jalaba con fuerza para hundirme más profundo, hasta donde el gemido avisa que se ha llegado al destino, hasta ahí donde sus ojos se cierran. Con la luz prendida para mirar su alma y los ojos cerrados para verla brillar. El éxtasis subiendo, el bamboleo más intenso, ahora para arriba, luego para hacia, después de un lado a otro y mi grito avisando que era ahora o nunca. Me cogió ella a mí y la cogí yo a ella, con frenesí, como si en unos minutos nos llegara el fin del mundo y se nos acabara ese goce divino. La escuché gritarme ¡Maldito cabrón! Le respondí con una fuerte nalgada, me puse en pie, cargándola con mis brazos sin salirme de ella, su cuerpo encorvado buscando no perder la unión, mi espada apuntando a su abismo en cada estocada. La sentí apretarse, regresamos a la cama y me recosté, le regalé el control a la amazona que toda mujer lleva dentro. Me cabalgó por unos instantes, suficientes para alcanzar su orgasmo y provocar el mío, abundante como la espera, caliente como la pasión escondida.

Lo hicimos dos veces más, una en la bañera y otra antes de irnos, placer a escondidas y miradas que decían todo lo que las palabras se atoraban en la garganta. Estuvimos dos meses entre el cielo y el infierno, una larga historia de celos, peleas y encuentros furtivos para clavarnos las uñas y acabarnos las ganas. Desde el incidente con el marido, éste la esperaba a la salida y la vigilaba más, aunque siempre se daba sus mañas para escaparse a mis brazos. Nunca nos reconocimos si había Amor, era un lujo que seres como nosotros no podían darse. Al final, la relación se desgastó, yo dejé de visitarla y ella dejó de escribirme al móvil. Recorrimos juntos un camino largo de mentiras con destino al infierno y había cosas que ya no podían retirarse de la memoria. Con el tiempo aprendimos a vernos como viejos amantes y darnos de esos besos, que nadie puede poner en duda que alguna vez nos amamos.

"Algunos vestimos de negro el corazón porque guardamos luto por un gran Amor."

30 octubre 2013

KM 6

AMÉN

El problema con las ausencias es que la vida las aprovecha para poner las ideas y los amores en su lugar. Usted es un encanto de mujer y se merece un amor a los 4 vientos y a mí, a mí sólo me quedan amores agazapados en la oscuridad, que se viven en unas cuantas horas que se le roban a la realidad. Amores que no pueden ser eternos, ni perfectos a los ojos de la gente normal. Pasiones que se viven y se matan en callejones y en paredes que no saben hablar, que no pueden gritar como nosotros que los usamos de cortina y colchón para nuestro Amor.

Tengo un corazón desarmado en pedazos, que ya no puede reconstruirse en uno sólo, amo diferente con cada trozo. En cada uno habita un sol que calienta distinto y tiene a un universo exclusivo para su candor. Usted se merece un corazón con un sol que la caliente en exclusiva. Usted es de las que necesitan, merecen, buscan y no se conforman con menos que un Amor que sea únicamente para usted las 24 horas. A mí sólo me quedan años de 3 meses, meses de 1 semana y semanas de 2 días.

El problema con los hombres de alma vieja —como yo— y su torcido respeto por las cosas etéreas y perfectas, es que no saben aprovecharse de ellas; no lo hacen jamás, si no han de darse en la misma medida que se les acepta y se les entregan.

Reconozco que por momentos me siento de nuevo atraído por la intensa gravidez de ser el sol que calienta y alimenta la tierra de sus fantasías, pero la fuerza en contra de la certeza que lo que ofrezco no es suficiente, regresa. Un pedazo de fantasía no crea un astro en el firmamento, un pedazo de ilusión no le será suficiente, ni ahora, ni después, ni siquiera en el terreno amplio de sus sueños. Indiscutible es la realidad que lo que usted me ofrece es demasiado, que no podría acabármelo en mis amores infinitos de dos horas, indiscutible es también la idea que ese todo pequeño que somos, sólo podría volverse demasiado, tan grande que no lo podríamos contener, mucho menos controlar y condicionar a días de 2 horas. Un hoyo negro de emociones, pasiones, amores y momentos robados que terminaría por hacerle más daño que el recuerdo bonito y triste que tendrá de lo que hasta ahora ha pasado.

Dejemos el espacio al sol y la luna, sigamos siendo árbol y viento: Yo soy el aire que le despeina las ramas al pasar a su lado y usted es el árbol que no me espera, pero tampoco puede evitarme cuando llego.

Amén.

"Habría que aprender a besar a una mujer donde inicia su locura y empezar a amarla donde termina su oscuridad."

6 mayo 2013

KM 7

La Oscuridad y el Laberinto

No tuvimos que decirnos mucho, el destino ya nos había escrito antes de sucedernos. Andábamos perdidos y con una extraña ansia de encontrarnos. La hoja huérfana no cuestiona al viento quién es, ni le importa a dónde la lleva, sólo se deja arrastrar por él hasta elevarse y perderse en la mirada de lo que deja atrás. Nada le inquieta saberse frágil, entre sus brazos se sabe ave protegida. Tampoco piensa en la inevitable caída, ni en romperse en mil pedazos. En la intuición de su vientre basa la confianza de dejarse llevar por el impulso de volar girando de arriba a abajo en la impetuosidad de su abrazo, a veces caliente, a veces fresco, hasta aterrizar suavemente o estrellarse en algún lado al finalizar el idilio con el viento; quizá con raspones, pero sin una rasgadura de arrepentimiento.

Me dijo: ¿Qué haríamos, Usted en pedazos y Yo sin corazón?

Al escucharla, algo se me removió por dentro, sentí una gran piedra que se desprendía en lo alto de mi muralla y se despeñaba en cámara lenta hacia abajo, yo tenía los ojos a prueba de tentaciones, pero la vi con los ojos del alma y caí junto con aquel enorme pedazo de roca. Supe que ella era esa oscuridad en la que podíamos perdernos juntos. Ella era la tentación que estaba esperando el laberinto de mi mente para dejarla entrar sin el trámite del tropiezo.

Oscuridad y laberinto, reunidos por un dios aburrido de la misma historia de Amor, disfrazado de destino, empeñado en tirar los dados cargados de desarmados y desalmadas, sin números rotos ni sueños descosidos.

La oscuridad no puede perderse en el laberinto, lo intuye, lo inunda, le da sentido. La oscuridad se regocija de expandirse libremente por sus pasillos, de apropiarse de las paredes del laberinto y colgarles los cuadros de sus héroes, de pintar las frases de sus autores preferidos, de hallar sus libros favoritos en cualquier rincón y recostarse sobre el piso a disfrutar de leer sobre el pecho cómplice de su nuevo amante, lleno de caminos y ninguna salida sencilla, todas aquellas historias que le llenaron la cabeza de fantasías, de deseos secretos por un hombre, mitad demonio, mitad ángel, envolvente como el pecado y natural como el amor que ahora les brota entre la estocada de una mirada compartida y la carcajada de una broma que solamente a ellos envuelve.

El laberinto no puede resistirse a la oscuridad, le ha puesto su nombre a todos sus precipicios y decide lanzarse a sus brazos de dama nocturna. Las grandes pasiones buscan laberintos de ojos bonitos, porque saben que hay amores que arden mejor en la oscuridad. La oscuridad y el laberinto se vuelven una sola pasión. Se reconocen en cada beso. Ella se estremece en su vientre al sentirlo cerca. Él se humedece los dedos para escribir sobre ella, y ella para leerlo, hace lo mismo en lo íntimo de su abrigo. Para el laberinto los ojos de ella fueron todos esos libros en que deambulaba imaginando historias con él de protagonista. La adopta como el sol a la luna que acepta calentar su piel en la distancia. A veces, se desean tanto que esa distancia se vuelve un camino en llamas. No existe laberinto sin oscuridad y la oscuridad únicamente adquiere sentido cuando puede perderse en lo insondable de alguien más.

Empezamos a recordarnos en las páginas del destino en cada frase pronunciada. Me aclaró que alguien le había robado el corazón equivocado, se había llevado su inocencia envuelta en lágrimas de sangre y había confundido la música que llevaba por dentro con sus latidos. El cobarde había huido creyendo que cargaba con su bomba incansable y en su prisa por alejarse había dejado inalteradas, para mi suerte, las dos cosas que más me atraían de ella, su mente de Erato y aquella manera de latir sin corazón.

— El único corazón que puede robarme, es el que tengo entre las piernas — me dijo ella —. Ése es el bueno y me late mucho por usted.

Yo no necesitaba más peligros que la caída de sus ojos, de su ropa y de su boca para saberme tentado. Le propuse escondernos detrás de las letras, en el fondo de las canciones y en los finales de todas las historias de amores errabundos. Inventarnos un mundo nuevo donde podamos borrarnos cada noche y escribirnos al amanecer. Coincidiendo para desnudarnos, poco a poco, despacito, yo escribiendo y ella leyendo. Ella necesitaba un miedo como yo, que le estremeciera el vientre. Lo pedía a gritos en la mirada, en las manos y hasta en sus silencios. Necesitaba mis manos para que la escribieran y también para desnudarla no sólo del cuerpo, sino de las partes de su alma que desconocía. Necesitaba mis ojos para que la supieran y mi corazón como guía para encontrar el suyo, perdido en su propia oscuridad de amar.

"Si no era Amor, era vicio. Porque jamás una boca me hizo regresar tantas veces por un beso."

23 mayo 2013

KM 8

Anillo de Fuego

No sé cuándo soy más tuyo,
si cuando te nombro ausente,
o cuando encajas tus uñas
para robar otro instante.

No sé cuándo soy más tuyo,
cuando alimento tu boca
o cuando me dejas seco
aguardando tu regreso.

No sé cuándo soy más tuyo,
si en tu mordida de labios
por no delatar mi nombre
o cuando maldices el suyo
para invocarme en su cama.

No sé cuándo eres más mía,
callada, siempre lejana
presente, en la balacera
que provocas en mi pecho.

No sé cuándo eres más mía,
cuando eres tú, yo soy tuyo
siendo mía, eres más tuya
brindando el alma desnuda.

Ya no sé cuánto, ni cuándo
¿Cuándo somos más nosotros?
Ya juntos, ya separados
estamos siempre latiendo
intensos, uno en el otro.

Recuerdo aquella tarde en la plaza cuando ya habíamos cedido a la idea de acostarnos y conocernos los gemidos, mi sonrisa torcida justo cuando acerqué mis labios a tu oreja y con voz ronca y amenazante te susurré:

— Te la voy a meter tan adentro, que vas a sentir que te sobra el mundo.

Tú te reíste con nervios y excitación de mi ocurrencia, al imaginarnos bien trenzados en una cama de motel, como adolescentes escondiéndose de sus padres. Quién iba a adivinar que la que se iba a meter tan adentro de mi corazón ibas a ser tú, y que lo que iba a sobrarme era todo aquello que me había traído a tu lado.

La mirada de radar no es exclusiva de mi género, la mujer siempre lo sabe, desde que lo mira, si quiere acostarse con un hombre. A menos que le guste hacerse pendeja. Tú lo supiste por la forma como sentías cosquillas húmedas entre las piernas y lo supe yo por la forma como te brillaban los ojos cuando me saludabas y yo sentía que quería verlos brillar en llamas. A mí no iba a detenerme que estuvieras casada y a ti no iba a quitarte el sueño que estuviera en la misma situación. Eso nos ponía en igualdad de condiciones, teníamos lo mismo por perder y ganar.

En ese momento nuestra suerte estaba echada. Los ancianos dicen que después de cierta edad, un hombre y una mujer ya no están para quedarse con las ganas. Nosotros ya pasábamos esa edad y las teníamos reprimidas en abundancia. Estábamos poseídos por esos deseos que son para quitarse con quien los provoca, no con quien se deje o se pueda. Era de vida o muerte que únicamente se limitara a hundirnos en ellos, las veces que fuera necesario, pero nada más. Ambos lo teníamos claro, pero por si las dudas, te lo dije después de la primera vez:

Te prohíbo mirarme como si fuera tu hombre ideal. Queda vedado ilusionarme con un futuro a tu lado y envenenarnos la sangre con el sabor de estos besos. Porque el destino es un dios perverso, nos encadena a falsos amores para después gozar en torturarnos con la pasión prohibida e irrefrenable de un amor verdadero, pero imposible, y con nosotros, se ensañó ese bastardo. Después de años de amores desérticos y rutinarios, nos puso al alcance un oasis en la clandestinidad.

La emoción de volver a sentir nos impulsó a lanzarnos sin remordimiento en el amor infiel. Hasta el fondo de la malentendida infidelidad, que finalmente se divide sólo en dos tipos: los detractores que la han sufrido y los defensores que en ella han encontrado el amor verdadero. A diferencia de muchos, yo supe rápidamente en qué lado quería estar, porque del otro lado están los que hablan de traición y de egoísmo, pero ignoran que la peor de las perversiones es cerrarle la puerta al amor. Esa es la peor de las traiciones.

El problema es que no se puede atisbar al infierno sin perder pedazos de alma en el proceso. Entre besos y gemidos nos enamoramos hasta los huesos uno del otro, de lo que éramos realmente cuando no estábamos atrapados en nuestra realidad individual, éramos dos locos encerrados en el manicomio de la vida marital y que sólo disfrutaban su locura estando bajo las mismas sábanas. No teníamos necesidad de expresarlo con palabras, hay secretos que se gritan en la piel, entre besos y orgasmos.

Lo cierto es, que cuando una mujer le dice "te amo" a un hombre, a uno de los dos ya se lo llevó el carajo. Jugábamos a engañarnos que todo era carnal, para que el corazón no se diera por enterado, yo te llamaba mi bella dama para hacerte enojar, tú replicabas que las damas no existen, que sólo existen hombres que no saben encontrarle la puta a la mujer que se cogen. Te burlabas de ti misma diciendo que eras mi puta y la dama de otro. Rematabas con el argumento que los maridos son para los dramas, los reproches y los castigos, los amantes para los suspiros, los gemidos y las charlas sin fin.

Me decías:

— Preocúpate de estar con la puta que quieres y deja que otro se coja a tu dama y la vuelva su puta.

Me picabas el orgullo con premeditación, dejabas caer tus bombas una por una en mi subconsciente y a la vez te reías de tu situación con la conclusión que a todas las mujeres les gusta el buen sexo, pero era algo que muchos maridos ignoran. Buscabas despertarme los celos de casa para asegurarte que era a ti a quien realmente amaba y no a la otra, la dama que usaba mi anillo. Aquel ritual terminaba siempre en la cama, contra la pared o en una silla de motel, era otra forma de confirmar nuestros votos infieles, de sellar nuestro pacto de amor callado con sexo de reconciliación salvaje, desbocado, de posesión y entrega, te penetraba con fiereza y te demandaba al borde del orgasmo que gritaras que eras mía, y tú lo hacías, me complacías, porque sabías que al hacerlo todos los corajes y dudas se dejarían arrastrar por la avalancha del clímax.

Contigo aprendí a reconocer el dulce aroma a mujer casada, esa mezcla entre experiencia mal aprovechada y pasión olvidada. El dilema contigo, mujer, era que me matabas, pero no moría. Ahora sé también que todas las mujeres son veneno, pero no todas matan igual. El amor de una mujer infiel mata lentamente con el cuchillo de los remordimientos, con la culpa que llega cuando un hijo está enfermo o la lealtad hacia el marido se interpone como un muro de silencio y alejamiento que sólo se derrumba cuando la crisis de la mujer llega a su fin. En tu caso, fue una de esas crisis esporádicas la que te derribó antes que al muro. Pensabas que en casa había un hombre honrado y trabajador, buen padre y tal vez amante descuidado, pero que no se merecía la traición que estabas cometiendo. Me pediste terminar lo nuestro muchas veces, en todas ellas encontrábamos el camino de regreso a nuestro nido.

Aquella vez del accidente que tu familia casi muere, fue el rompimiento definitivo, la losa de la culpa era demasiado pesada y me exigiste que me alejara para siempre. Yo te esperé muchos meses, respetaba tu silencio y me tragaba tu total alejamiento diciéndome que volverías, como todas las veces. Hasta que pasó un año sin saber de ti... fue una tarde de agosto, sin un maldito aviso, que te vi a unos cuantos metros, saliendo de un restaurante colgada del brazo de tu marido, muy amorosa y aparentemente feliz. Ahí supe que lo nuestro había terminado, te pensaba decir adiós con el pensamiento y juro que no quería que me vieras, pero algo, quizá fue el viento o el recuerdo de mi mirada, hizo que voltearas hacia donde yo te observaba.

Tú, que siempre supiste leerme los ojos, encontraste en ellos todo lo que tenían por decirte.

¿Me extrañas? Yo no, he estado buscándote en otros besos, la boca es el refugio de los que saben mentir, así como el cuerpo lo es de los que ya no pueden amar. ¿Todavía te muerdes los labios para no gritarme cuando haces el amor con él? ¡Mierda! A ti no puedo mentirte, yo todavía cierro los ojos para imaginar que eres tú cuando estoy dentro de ella. Dueles y quiero dolerte también, ojalá que esta noche cuando estés a solas, escondida en el baño con ganas de llorar, te acaricies con mi nombre entre los dedos, con ese anillo cobarde que ahora te quema. Tu castigo será recordarme dentro de ti, el tiempo que resta de tenerme fuera de tu vida, el mío será arrepentirme de no haberte convertido en mi única vida. Te dediqué la última de mis sonrisas y con una media vuelta, te cerré la puerta de mis ojos para siempre.

"Si no somos capaces de ganarle a la distancia, no merecemos la locura de este Amor."

14 mayo 2013

KM 9

Las Fotografías de tu Boda

A lo lejos, salido de quién sabe dónde, un gallo citadino me trajo de vuelta a la consciencia. Mis piernas semidesnudas se estiraron dejándose acariciar por el aire fresco de los últimos suspiros de la primavera. Mis manos tibias tantearon sobre el colchón, buscándote inocentemente debajo de una sábana arrugada, esponja involuntaria de los aromas de la noche, mitad míos, mitad fantasmales. Entonces recordé que únicamente me mentía en un sueño y como en todas las alboradas habías soltado mi mano en el último instante dejándome regresar solitario de la fantasía. Sonreí agradecido, porque aunque a nosotros nada nos salva de la distancia, al menos el sueño nos salva de lo imposible.

Las calles de mi ciudad tienen la virtud de no recordarte, de no guardar ni un recuerdo tuyo; ojalá los callejones de mi cabeza tuvieran la misma suerte. Mi primer pensamiento fue para ti, como lo fue también el último, antes que mi insomnio peleara valientemente contra el peso de mis párpados. Caí suavemente sobre una nube formada de sonrisas y suspiros con tu nombre.

En el rojo de un semáforo, mis manos apretaron el volante, corroborando lo que ya conozco con cada fibra de mi cuerpo. Te deseo de carne y hueso, te quiero colándote por los poros de mi nariz, retumbando en el laberinto de mis oídos y escociéndome en los labios y más allá de ellos. Te anhelo aquí, en estas manos callosas que sujetan el cuero nuevo, pero áspero que dirige las llantas de mi automóvil; aquí entre mis dedos, dirigiendo mis deseos hacia tu piel y atrayendo tus labios, tu pelo, tus manos y toda tú hacia mi cuerpo.

Los amores imposibles se conforman con poco, les basta un poco de oxigeno al día para continuar latiendo sin tregua en la noche más larga. Esta vez, el primer mensaje de buenos días ha sido mío, del otro lado del hilo digital una sonrisa en tu cara ha deletreado mi nombre, estamos con un zapato en nuestra propia realidad y el otro zapato en nuestro mundo privado. Ese lugar que se alimenta de emociones, sensaciones y pensamientos, pero de rostros estáticos de hace un año o media agonía, un muro de pixeles donde las arrugas se quedaron detenidas en el tiempo y los motivos de nuestros gestos se quedaron en la memoria de alguien más. Tus fotos, mis fotos, pedacitos de nuestros otros yo, recortes de la vida que hemos vivido, gritado, sentido y disfrutado con otros, pero no entre nosotros dos. Dueles. Duelo.

Sentado enfrente de una computadora, fiel compañera de muchas batallas, pero todas parte de la misma guerra virtual y despiadada. Resolví a ganarle un combate a la vida. Mis dedos teclean sin parar, corren de una puerta a otra, casi frenéticos, buscando de aquí para allá, explorando todas las posibilidades en el Internet, demandándole al destino un par de ases, un asidero para llegar a ti, a tu otra vida. Te buscan en cada rincón posible, debajo de piedras con la sombra de tu cara, dentro de riachuelos que arrastran palabras que pudieran hablar de ti.

Quiero saber más de ti, por detrás de la pantalla que separa tu boca dulce de mi vista media truncada. Pretendo saltar esas vallas tras las que escondes o proteges a la otra tú, a la que dijo sí en una iglesia sin saber que sería un no para ese nosotros que aún no nacía. Busco la soga que me ayude a escalar los muros de tu vida privada, no me importan ni su altura ni el riesgo al vértigo que pueda sentir al llegar arriba. Nada vale los peligros que me esperen allende la cortina de lo escondido, por tan sólo echar un vistazo a lo que necia o sabiamente mantuviste lejos de mis ojos todos estos meses.

La paciencia es lo que más cultiva en la tierra del nunca jamás, el que ama a un imposible. Tiempo es lo que le florece para seguir arando, picando piedra o desmoronado terrones. Al fin un nombre, alguien que me dejó migajas de pan para salir del bosque maldito y encontrarte en la ciudad donde has vivido toda mi ausencia en tu vida. No puedo creer mi suerte, te he hallado en Facebook, he dado con un verdadero oasis, no con otro espejismo más de este desierto de Amor virtual que nosotros mismos hemos creado. Eres tú, de carne y hueso, con otro nombre y con otro amor. Eres tú, sonriendo a unos ojos cariñosos pegados a una cámara. Eres tú, sosteniendo un ramo de novia, y mirando hacia un futuro de Amor domesticado. Eres tú, la misma que es mía a retazos y que eres de él para toda la eternidad humana.

Ahí estás, entrando por la puerta de la iglesia, con los ojos destellantes de la emoción, la silueta entallada, perfecta y envuelta en la tela blanca y bañada de estrellas de lentejuela. Te lleva de la mano tu padre, que es alto, blanco y sereno como lo imaginé muchas veces. Allá está tu hermana, sé que es ella porque la veo entre emocionada y un poco envidiosa como únicamente los hermanos de sangre pueden sentirse entre sí y porque tiene tu misma nariz y una copia de tus ojos. Tu madre llora y me bebo sus lágrimas, las hago mías y comparto su sentimiento de pérdida y su esperanza de felicidad en tu nueva vida.

Pero yo sé que no puedes ser feliz, no deberías serlo, yo no te espero del otro lado de la alfombra, al final de la marcha nupcial. Y sin embargo, ahí estoy, sentado en la orilla de una de esas bancas duras de madera gastada y pintada decenas de veces que hay en los recintos santos, asiento imperfecto para presenciar y compartir lo que debiera ser y lo es, uno de los momentos más definitivos de tu existencia.

Espero con ansia que el órgano suelte sus últimos acordes, quiero verle la cara al hombre que me ganó con cuatro ases una partida a la que nunca pude siquiera sentarme para ver mis cartas. Pero estoy lejos del altar, apenas veo su rostro de perfil, es mayor que tú y apenas un poco menor que yo. No es como lo imaginé, porque siempre vi mi rostro en él, pero es tal como nunca pudiste prohibirme verlo, estúpidamente feliz y enamorado de ti. Una parte de mí se alegra y la otra se despedaza al comprobarte en la misma sintonía que tu futuro amante, compañero y marido.

Pasaste por un lado mío, pero no me viste, no podrías verme porque aun no existía en tu memoria. Yo estoy aquí, oliendo el vaho de tu perfume mezclado con el aroma de los cientos de flores que adornan la iglesia, vestido de negro como si fuera un funeral, pero sin que nadie se percate de mi etérea presencia. Toco la cola de tu vestido, como diciéndote hola y adiós, pues al fin de cuentas era lo que quería, vivirte en tu otra vida. Lástima que escogí el mejor y el peor momento para adentrarme por el túnel del tiempo, para fisgonear una realidad que es más intensa y profunda que millones de besos virtuales. Dueles.

Mis zapatos se empapan de agua salada y la arena se mete por mis calcetines. Estamos los tres en una playa. Yo, el fantasma del futuro y ustedes, la pareja de la luna de miel. ¡Dios, qué hermosa te miras! Ni siquiera me importa que te estoy viendo a través de los ojos del mismo que te comerá a besos tan pronto regresen al hotel. Uso esos ojos prestados para recorrer cada palmo de tu piel mojada, de tus piernas largas, tus brazos a medio tostar y tu pecho resguardado por un bikini que atrapó al arcoíris para hacerte lucir como un cielo después de la lluvia.

Escucho tu risa cantarina y coqueta, sonrío con cada una de tus frases despreocupadamente dichosas, y como avaro medieval, las almaceno en el más preciado de mis baúles, sin permitir que mis oídos se pierdan uno sólo de tus sonidos, sin que mis ojos parpadeen por temor a perderse incluso el vaivén de tus cabellos, sin desdeñar uno sólo de tus gestos de mujer. No son gestos virtuales, eres tú, riendo de verdad, levantando la ceja y amenazando falsamente un castigo por algo que te han dicho o hecho. Dueles, pero mucho menos que lo que sigue.

Por la ventana de la habitación puede contemplarse el verdeazulado de la inmensidad del agua maya. Las olas tibias se levantan y caen una tras otra, pero yo he dejado de verlas, no me interesan en lo más mínimo. La habitación es fina y de buen gusto como todo lo que te gusta. En la mesa hay un arreglo de flores blancas que la administración ha puesto a modo de complicidad con sus inquilinos. La cama es grande, pulcramente arreglada y de colores sobrios, pero alegres. Las maletas están guardadas y toda la ropa la has acomodado en cajones y colgado en ganchos. Desde ya has tomado tus nuevas obligaciones, demostrando que estarás lista al volver a casa para hacerte cargo de todas las labores domésticas. El obturador automático de la cámara dispara una y otra vez, tomándoles una foto con los trajes de baño encima de sus cuerpos, simulando que se mueren por despojarse de esos estorbos de tela. Otra foto más de ti, mordiendo su cuello y una más, sonriéndole a la cámara mientras él te muerde a ti. La cámara guarda la última de los dos, escondidos debajo de la sábana, con las cortinas abiertas y mis ojos cerrados. Piadosa o pudorosa, la cámara se ha saltado todas las fotos siguientes.

No dormí, pero tampoco estuve despierto, simplemente no estuve ahí en las horas que la pasión se desbordó y estrelló sus sonidos en las paredes. El túnel del tiempo únicamente me ha dejado ver la charola del desayuno sobre la mesa de estar. Tú vas saliendo del baño envuelta en una toalla increíblemente blanca y el dorado de tu piel resalta y pareces un postre gourmet para quien te espera recostado en la cama, hojeando una revista, con todo el tiempo del mundo para disfrutarte ese y todos los días venideros.

Mis ojos curiosos, a ratos sorprendidos, sonrientes o melancólicos van recorriendo todas y cada una de tus fotos privadas. He tenido oportunidad de conocer el departamento que ahora tiene el toque hogareño que sólo las mujeres son capaces de imprimirle a cuatro paredes, un techo y un piso. Hay fotos de toda tu familia y de su familia, de tu coche, de ti con el celular en la mano, de fines de semana y pequeños escapes para estirar la luna de miel, de sus amigos y conocidos, del trabajo y montones de poses y gracias de tu perrita. En casi todas tus fotos estás acompañada y cuando no lo estás, estás sonriéndole al ojo masculino detrás del lente de una cámara. Los meses han ido pasando, se percibe el paso de las estaciones en las fotos, en los cambios de peinado y el aire relajado y satisfecho que se ha ido fijando en el rostro de los dos. Pronto serán tres en ese departamento. No me sorprende, yo soy un viajero del futuro que lo sabe todo y ahora únicamente estoy viendo la película de un guion que conocía en trozos y que lo demás que me inventaba en la cabeza ahora tiene forma, color y memoria.

En este instante llega un mensaje a mi celular, eres tú. Me dices que me amas, pero estarás poco tiempo disponible. Me mandas un centenar de besos. Nos despedimos con suspiros y sonrisas al viento.

Sabes Amor mío, separan más dos realidades que una sola distancia.

"El Amor es imposible si empieza tarde, es tortura si es de tres y es el infierno si es sólo de uno."

31 mayo 2013

KM 10

EL ANCIANO EN EL CEMENTERIO

Los cementerios de esta ciudad son como en todas partes del mundo, lugares en donde las flores se riegan con la brisa del recuerdo y las lágrimas ante lo inevitable. El silencio no es casualidad, cuando se respeta se calla y cuando se calla se busca tocar con el pensamiento al que ha partido.

Esa tarde el sol perdía la batalla contra las nubes y en los cuatro puntos cardinales únicamente se divisaban cruces solitarias haciéndose compañía unas a otras, menos una. Al pie de una cruz pintada de gris oscuro, un hombre curtido por los años y a duras penas en lucha contra la dama pálida, lloraba como un niño perdido. La dignidad no sirve como escondite para el dolor y a aquel hombre el dolor se le deslizaba por sus arrugas en estado líquido y sin vergüenza, le lloraba con los ojos cerrados al nombre de una mujer muerta 35 años atrás; según se leía en las fechas grabadas en el travesaño de la cruz en la que recargaba su brazo, como si la abrazara a ella, la mujer a la que había dejado de ver mucho tiempo hacia atrás.

Sus labios secos contrastaban con la humedad en las mejillas. Sus piernas estaban dobladas grotescamente, como si hubiese pedido que lo aventaran donde estaba enterrado un pedazo de su corazón y lo hubieran dejado caer desde gran altura y sin consideración alguna, como quien arroja un muñeco de trapo a la caja de juguetes. La tela de su pantalón estaba manchada de polvo en las rodillas, como lo estaban las puntas de sus zapatos y su camisa mojada a la altura del pecho. De su cabello blanco se había desprendido un mechón rebelde que aún se agitaba de un lado a otro como lo había hecho media vida atrás cuando el color negro matizaba la cabeza del dueño.

Perdóname, amor mío. Su voz pesaba como la losa en la que estaba, cansada y angustiada por la culpa.

La sombra de un hombre se proyectaba en las paredes gastadas y despintadas de los edificios que acompañaban en sentido inverso su caminar. Sus pasos eran silenciosos, despreocupados, pero elegantes como de gato de callejón. Se desplazaba en forma sutil, pero sin exceso de energía, llamaba la atención por el conjunto de todas esas cosas que pasan desapercibidas en la gente común y que a él lo hacían ver como un hombre seguro de sí mismo. Había en su mirada una extraña tranquilidad, como la de aquel que ha resuelto la encrucijada de su vida y camina determinado a enfrentar su destino.

Efectivamente así era, Gabriel iba al encuentro del Amor, con su conocido sentido de la oportunidad había esperado el cobijo de la noche para emprender el recorrido hacia la morada de su amada. Desde una hora antes se había esmerado en el detalle de su arreglo personal con el propósito de ofrecer su mejor retrato a esos ojos grandes a los que les cabía tanto amor por él. Un mechón de pelo negro se balanceaba en la sien derecha, dándole un porte casual a su peinado, Gabriel pensó en acomodárselo pero desistió de inmediato, adoraba sentir los dedos de Ángela tratando de acomodarlo entre los demás cabellos y acariciando, como sin querer, el suelo de su cabellera, para luego soltar la risa y una queja sobre la indomabilidad del cabello y de su dueño.

Por sus venas se desató un viento cálido, recorriéndolo de un rincón a otro, tan sólo de pensar en el efecto de las manos de ella.

— Tranquilo corazón —le dijo al sentirlo palpitar por todo su cuerpo—. Pronto estaremos bajo el efecto de su cercanía.

Del otro lado de la mirada de Gabriel, a muchas cuadras de distancia, una mujer terminaba de pintarse los labios de rosa tenue. Vestía una falda plisada de color rosa pálido como su boca y una blusa de un blanco liso, sus piernas blancas asomaban delgadas y torneadas a partir de ocho centímetros por encima de las rodillas, su cintura era delgada, su vientre plano como de muñeca de aparador y sus pechos eran dos duraznos pequeños que daban a su silueta un aire virginal. Su cabello era castaño y estaba peinado con una coleta pequeña en el centro y el resto suelto por debajo de los hombros. Su cara delicada era la viva imagen de una esposa devota y fiel. Ninguno de los vecinos de Ángela habría imaginado los secretos que se escondían en el corazón de esa mujer angelical. Cualquier hombre debería temer más a los secretos de una mujer que a su pasado. Ella echó un último vistazo a su rostro en el espejo y se sentó a esperar a su amante en la salita de su casa, cerca de la foto de bodas que reposaba en la mesita del té a su mano derecha.

Seis meses atrás el rayo de los amores y las pasiones clandestinas cayó entre Ángela y Gabriel y sus vidas cambiaron por accidente y para siempre, como sucede con las grandes tragedias de la vida. Con tres años de un matrimonio convencional y la chispa apagada, ella encontró hasta en la forma de mirarla, que Gabriel podía sacudirla por debajo del pecho y por en medio de las piernas sin tocarla siquiera, con sólo olerlo, con su aroma a hombre intenso y apasionado, con sus manos de mapa rústico y caricias desconocidas, con su sonrisa franca y destellante, con la premonición de que esa boca firme no se iría de este mundo sin hacerla suya mil veces y sin hacerla río infinito otras mil más.

Hay Amores a los que se llega tan tarde, que no pasan por la fase del cortejo, como si el destino les recompensara la equivocación y los llevara de la mano por encima de la zozobra de la mente enamorada y la inquietud de la piel sin entregar. Basta una sonrisa para decirse "bienvenido a mi vida" y una mirada para responder "bienvenida al resto de la mía". Ninguno de los dos supo cómo fue, ni tampoco les importó demasiado, pero a la semana de conocerse, la piel de él ya había estado dentro de la piel de ella y el nombre de uno navegaba por los siete mares de las venas del otro. Como no podían verse en público, acordaban lugares discretos donde verse y dar rienda suelta a la charla sin fin de sus bocas y sus cuerpos, la ciudad donde ambos residían era pequeña y el más ligero desliz podía con acabar con el secreto de su Amor y la reputación de ella. Cuando no estaban platicando con palabras, estaban gritándose en silencio con las manos y los sexos. En todo su tiempo de casada, Ángela no había conocido jamás un éxtasis como el que encontraba en la mente sensual de Gabriel, en la pureza de su corazón y sobre el tope de sus ganas. Ahora no entendía cómo hasta entonces se había podido conformar con tan poco en su hogar, y con tristeza pensaba que tampoco podría seguir haciéndolo por el resto de sus años. Pero se lo callaba, como callan muchas cosas los amantes furtivos para no herirse con el filo de la realidad.

El marido de Ángela era un hombre chapado a la antigua, demasiado. De sentimientos silenciosos y demostraciones glaciales, a quien le resultaba más fácil llenar la nevera, que los oídos de su mujer con un "Te quiero". ¿Qué si la quería? No había una palabra que lo probara, pero tampoco había un gesto que lo desmintiera. Buscaba el cuerpo de Ángela bajo las sábanas cuando lo necesitaba y respetaba cuando éste no estaba disponible, en público jamás tomaba de la mano a su esposa por iniciativa propia, pero tampoco retiraba la suya si era ella quien lo sostenía. Tenía un carácter áspero, temperamental y de arranques, pero nada más a veces y jamás había encontrado motivo para levantar el brazo en una discusión con su mujer, quizá porque ella sabía, con esa sabiduría milenaria en algunas mujeres, que con un marido necio se gana más cediendo que contendiendo. Trabajaba de día en un pequeño negocio propio de ferretería y algunas noches estaba de supervisor en guardia para una fábrica de material de plomería, para complementar el ingreso familiar. No se le podía llamar un hombre flojo, desde las seis de la tarde atravesaba la ciudad para llegar a tiempo y bien dispuesto a cumplir su jornada. Salía del trabajo antes que el sol empezara el suyo y para las siete ya estaba en su hogar de regreso. Sus únicos vicios eran el dominó y los tragos con los amigos los viernes por la noche. Su único gran defecto era carecer del encanto para mantener enamorada a una mujer después de medio año de casados.

No pasaron muchas semanas de verse a escondidas en la calle y recorrer todos los lugares que podían servir de refugio para su amor, para que los amantes empezaran a considerar la posibilidad de verse en la casa de ella. Si por sus miedos hubiera sido, Ángela jamás se habría atrevido a meter a su adorado amante entre sus piernas bajo el techo de su casa. Fue el encuentro casual con un amigo de su marido lo que aceleró la decisión. Cuando sólo estaba a 3 metros de reunirse con Gabriel, ocurrió que el entrometido sujeto estuvo a punto de atraparlos juntos y esa fue la última palada que necesitó para enterrar sus recatos y sus miedos. Prefería mil veces profanar el voto matrimonial que renunciar a la adicción y el hechizo de la boca de Gabriel. Esa noche se les fue en planear cada detalle de su próximo encuentro y únicamente hasta que estuvieron de acuerdo en cada punto hicieron el amor de manera apresurada y frenética tratando de llevarse el recuerdo de cada beso y de cada caricia. Él tenía prohibido, sin necesidad de mencionarlo, marcarle la piel con las uñas, los labios o los dientes, así que ella era la encargada de marcarlo a él por los dos. Esa madrugada, le dejó diez surcos en carne viva en la espalda y en respuesta, él la penetró con toda su fuerza y empuje, marcándole las entrañas con cada embestida y con toda su potencia de macho necesitado de dejar su marca en algún lado. Alcanzaron el orgasmo entre lágrimas de placer y "Te Amos" de felicidad. Se despidieron con un último beso animal y se encomendaron al dios de los ladrones y los amantes.

Esa fue la segunda trampa que les plantó el demonio en el camino, una vez al amparo de los curiosos, su amor y pasión respiraron la libertad que da la privacidad y los amantes se entregaron sin límites a reconocerse uno al otro en todas las formas posibles que la piel permite. Ángela era una mujer que contrarrestaba su natural pudor con una curiosidad insaciable, exploraba cada centímetro de la piel de Gabriel recostada a su lado sin nada más encima que su labial rosa. Recorría sin prisas, mojándolo todo, acariciándolo a ratos con ternura y otros, con una sorprendente lujuria. Se entregaban con tal pasión, y era tanto el amor que generaban a su alrededor, que aquella sintonía en cuerpo y alma contaminó irónicamente lo que tenían, fue inevitable que acariciaran también la idea de amarse bajo el mismo techo para todos los días de sus vidas. Aquella fue la tercera y última trampa del Diablo: La posibilidad de amanecer juntos.

A pocos metros de llegar a casa de Ángela y de colarse al interior por la puerta de atrás, previo cerciorarse que la pañoleta blanca acordada estaba en la maceta de siempre, Gabriel había tomado la determinación de fugarse con ella esa misma noche, cambiar de residencia e irse a un lugar donde nadie los conociera, donde pudieran amarse a la luz del día y entregarse al ruido de sus cuerpos a cualquier hora de la noche. Pero Ángela, si acaso no esperaba la propuesta, sí la ansiaba con toda el alma y ni siquiera tenía que cuestionarse su reacción. Ahora sabía que nada deseaba más en el mundo que ser su mujer en forma exclusiva. Llevaba meses viviendo como leona enjaulada cuando no estaba al lado de Gabriel, rehuyendo las manos de su marido por debajo de las sábanas con hastío, rindiéndose resignada al acecho cuando ya no encontraba más pretextos para no hacerlo o porque era preferible cerrar los ojos y gemir un poco que respirar aquel aire tóxico y enrarecido, cargado de reproches y tensión sexual hasta por cosas tan insignificantes como la temperatura de la comida, el que ésta o aquella camisa estuviese sucia o sin planchar. Si aquel hombre tosco y ordinario hubiese sabido cuánto trabajo le costaba a ella planchar la ropa para un hombre al que no amaba con la misma dedicación que si fuera para el hombre por el que daría hasta la vida, pero se mordía la lengua decenas de veces para no dar rienda suelta a una lengua que cada día era más difícil mantener callada. Le desagradaba su hermetismo, su falta de modales y su depreciado encanto, odiaba verlo desnudo y pensar en la dureza y sensualidad de su amante. Maldecía al destino, a sí misma por su impaciencia al casarse tan joven, a los fines de semana que debía pasar con él, cuando podría estar en el dulce amarre de los brazos de su amado. Sí, aquello ya no era vida sin Gabriel a su lado, sin su sonrisa tranquilizadora, provocadora y cómplice, sin el calor de sus manos, sin la tibieza de su pecho y el rugir de su sexo dentro de ella.

Esa noche no había tiempo para hacerse el Amor, la decisión estaba tomada, su historia merecía escribirse en el día a día. Ángela estaba preparando su maleta y Gabriel se había marchado a su casa a hacer la suya, estaría de regreso en una hora. Cuando un ruido en la puerta principal puso a ladrar desesperado el corazón de Ángela, no hubo tiempo ni de esconder la maleta antes que un marido iracundo y ciego de rabia entrara a la recámara buscando algo con la mirada.

— ¿Dónde está ese hijo de puta con el que te revuelcas en mi ausencia, puta maldita? —bramó con toda la furia del animal que se sabe herido de muerte, pero aún con fuerzas para acabar con su enemigo.

— No sé de qué hablas. —le dijo Ángela, pero no hubo forma que no viera la maleta ni de ocultar su nerviosismo ante el regreso inesperado de su marido.

—¡Perra del infierno! ¡Pensabas largarte con él! —escupió con odio las palabras, con una frialdad que jamás le había visto en toda su vida juntos.

El energúmeno levantó la mano y le cruzó a Ángela dos veces la cara de ángel con su manaza de piedra, la sangre brotó de inmediato de los labios rotos, inclemente le golpeó de nuevo en ambas mejillas, aturdiéndola y poniendo a zumbar su cabeza con cada golpe, ella no alcanzaba a pensar, a entender qué estaba sucediendo, por qué había llegado de sorpresa, dónde estaba Gabriel, qué podía hacer para calmarlo, para evitar los golpes, sintió un miedo inmenso por ella, por su amante, por el futuro incierto que se partía bajo la mano vengativa de su marido.

— ¡Quiero saber quién es el bastardo con el que me has engañado! —atacó de nuevo, golpeándola en una oreja y jaloneándola de la coleta—. ¿Cómo se llama ese desgraciado? ¡Porque hoy mismo lo voy a buscar y matar como a un perro con mis propias manos! — gritó cegado de bilis y celos.

Ángela comprendió que pasara lo que pasara no podía exponer a Gabriel, no podía condenarlo a una muerte certera. Desesperada buscaba una salida, una manera de escapar y poner distancia entre los golpes y la furia de su esposo, pero se sentía débil y atontada. En ese instante, que el miedo la mantenía paralizarla por completo, pensaba en las últimos meses de felicidad y comprendía que tanta dicha no podía quedarse sin castigo, con un frío profundo en el alma observó aquella mano desquiciada que empuñaba una pistola. Se sintió como gacela herida, con las patas quebradas y a merced de su depredador.

Gabriel estaba a unas cuadras de distancia cuando se escuchó el primer disparo, al que siguió casi de inmediato otro más y después el sonido de una sirena policial que se acercaba rápidamente por una calle lateral. Un vecino había llamado a la policía unos minutos antes, cuando había escuchado los gritos del marido y el llanto de Ángela. Gabriel empezó a correr a toda velocidad de regreso, preocupado, maldiciéndose por no haberse quedado. El camino se le hizo eterno y los metros los recorrió sin la elegancia de hacía unas horas, desesperado e inquieto, sentía que algo malo pasaba y tenía que ver con ellos.

Cuando terminó su carrera desaforada, dos policías contenían ya al marido de Ángela y lo cargaban esposado hacia el interior de una patrulla. Sus peores temores se volvieron realidad y la desesperación hacía presa de Gabriel. Los agentes de la policía no lo dejaron entrar y tuvo que esperar hasta la llegada de la ambulancia para poder subirse a ella, alegando ser familiar y poder acompañar a una Ángela agonizante y apenas consciente en una camilla.

El primer disparo había dejado una mancha roja a un costado del estómago de Ángela y el segundo había dejado otra mancha en medio del pecho. La pesadumbre hizo presa de Gabriel, sostenía su mano casi inerte y las lágrimas habían empezado a desprenderse de su tallo. Los ojos de Ángela decían más que mil palabras, por su vista agotada por el esfuerzo de aferrarse a la vida podían leerse sus pensamientos. Hubiese querido decirle que su marido había intentado sacarle su nombre con golpes y balas, pedirle que no se culpara por haberla dejado sola, pero el resuello no le alcanzaba. La vida se le escapaba cuando sentía que apenas estaba realmente iniciando. Sus labios estaban lívidos, su pecho desvanecido, y el olor a desesperanza flotaba en el aire. Abrió la boca para despedirse y se encontró sin fuerza para mover la lengua, sin la entereza para pedirle que no le guardara luto en el corazón, que sacara algún provecho del tiempo que le habían comprado los disparos en su cuerpo y les diera a sus hijos todo ese amor que estaba reservado para sus propios hijos. Que no se permitiera vivir esclavizado al recuerdo de lo que pudo ser. Pero sólo pudo decir unas cuantas palabras.

—Amor —susurró— sé feliz, aprovecha el tiempo sin mí.

Dentro del tórax de Gabriel, un despiadado leñador le arrancaba a hachazos el pecho. Golpe tras golpe caían pedazos de corazón y esperanza, la mujer que más amaba y deseaba en la vida se le soltaba de las manos. No había forma de ganarle esa partida a la muerte. Una lágrimas amargas como la derrota y calientes como el arrepentimiento rodaron hasta estrellarse en algún lado ésa y muchas noches más después de la llegada al hospital, después de las malditas paladas de tierra que enterraron para siempre sus mejores sonrisas.

***

Perdóname, Amor de mi vida, perdóname por dejarte sola aquella noche, por ser un estúpido que no supo llevarte lejos desde el primer día que comprendí que te amaba— se escuchó al anciano repetir entre lágrimas—. Dime que hice algo de provecho con la vida que me regalaste, que he sabido darle a mi familia todo el amor que tenía reservado para ti y nuestros hijos. Yo te sigo amando y no he dejado de hacerlo un sólo instante de mi existencia, pronto, por fin me reuniré contigo, allá, donde estás.

Va en contra de las leyes del amor que un hombre sepulte al amor de su vida. No es justo decirle adiós para siempre y tragarse el dolor de su ausencia por el resto de su vida.

"Una mujer con perversiones es equivalente a un harén."

4 enero 2013

KM 11

LA SOMBRA DE DOS DESCONOCIDOS

Pienso que me despertó el instinto su mente enferma, esa oscuridad en la sombra de su sombra que sacudía de una forma siniestra mis deseos más abyectos, unas ganas, hasta entonces desconocidas en mí, de lacerar su piel no únicamente con uñas y dientes, sino con todo tipo de instrumentos tal vez inofensivos en otras manos, pero no en las garras de una bestia que apenas despertaba en mi mente y que se afilaban con sólo avistar una piel de vampira como la de ella.

Nos encontramos por primera vez una tarde de marzo cuando escurría la luz de un jueves en los pasillos de la universidad donde ella estudiaba y yo impartía clases, nos miramos como se miran dos extraños que se reconocen de alguna otra vida, pero el recuerdo se les escabulle entre miradas furtivas y un escalofrío traicionero que se resbala por la cordillera del deseo. Debajo de mis cejas negras se quedó grabada su boca de luciérnaga sin nombre y entre sus pestañas se quedó impreso el filo imaginado de mi barba arrastrado por sus alas. Nos dijimos todo en un segundo y lo olvidamos de nuevo en el siguiente movimiento del reloj, ella siguió su rumbo desconocido y yo anduve partiéndome en pedazos de cama en cama las siguientes noches.

Pero el destino tiene abismos imposibles de sortear para los seres que se han quedado a deber de todo en otras vidas. Una semana después coincidimos de nuevo en el estacionamiento de la facultad. Quise sonreírle y sólo me salió una mueca hacia dentro, porque mi boca se quedó pasmada, quizá imaginando el roce tibio contra aquellos labios con promesas de placeres errantes y ella quiso no voltear a verme, pero se le hizo tarde a sus ojos para buscar en donde perderse, nos sostuvimos la mirada uno al otro sin remedio y esta vez, se escuchó el bramido de nuestras almas al reconocerse de manera definitiva en esa manera legendaria que tienen un hombre y una mujer de comunicarse en silencio, cuando todo en ellos se sincroniza con sólo miradas y palabras del cuerpo.

Le quité las llaves del coche de su mano y ella se coló hacia el asiento del copiloto saltando por encima del asiento del conductor, fustigando mis ojos con la revelación de la parte trasera de unos muslos de un blanco asesino. Me acomodé al volante y arranqué sin decir nada, para dejarnos tragar por la noche y perdernos en los renglones enredados de nuestro sino. Mi mano alternaba el vuelo entre la palanca de velocidades y el canal que se abría cada vez que mis dedos separaban sus piernas, la tela de su vestido fue la última frontera para mis dedos desvergonzados y exploradores, mi vampira gustaba de volar sin redes ni protecciones de ningún tipo; entre semáforos y altos, me encontré muchas veces con el antónimo de seco, que empapó el viaje y abortó la llegada de cualquier silencio incómodo. Para cuando arribamos a nuestro incierto destino, ya conocía de ella todo lo que me resultaba realmente importante para el resto del camino con los pies descalzos.

Recuerdo que la habitación estaba en penumbras, un cuarto con un número cualquiera, en un hotel sin mayores lujos que la quietud y la complicidad de sus paredes marrones. Entramos sin prisas, como si fuera parte de nuestra rutina encontrarnos con desconocidos todas las noches o desencontrarnos para conocernos cada noche, dejamos las luces en la misma intensidad que estaban a nuestro arribo, ella se alejó hacia la ventana y yo fui en su busca, cazador y presa, intercambiando pasos sobre la alfombra callada. Llegué por detrás, a besarle la espalda entre suave e hiriente con mis labios cálidos y una barba de tres días, ella sintió mi aliento peinando los vellos de su nuca, yo acampé por completo en su cuello, clavando la tibieza de mi boca en esa tierra exquisita que comunica la garganta con la nuca, trazando un círculo imperfecto de jadeos y respiraciones entrecortadas. Sin voltear, ella inclinó la cabeza hacia atrás, como para provocar que mordiera su cuello, pero yo sin caer en su provocación, mojé con saliva hirviente su oreja izquierda, le susurré —vas a ser mía — entonces se la mordí fuerte y la chupé para que se lo confirmaran el borde de mis dientes, mientras mis manos le abrían las páginas del pecho para leerla en braille con mis dedos, las puntas sobre las puntas, la suavidad de unas contra la rugosidad de las otras.

A partir de esos instantes, la temperatura en la habitación pegó un brinco mortal, la ciudad desapareció en el alfeizar de la ventana y mi vampira se prendió a mí, con el hambre feroz de 10 siglos, nos besamos con una necesidad insaciable de recorrernos por completo, empezando por el interior de nuestras bocas, a los besos reptantes y las dentelladas salvajes siguieron las caricias descaradas y urgentes, pero acompasadas.

En la habitación empezó a sonar una placentera y acelerada melodía ejecutada magistralmente a cuatro manos y dos bocas, en perfecta sincronía de caricias y recorridos sin límites ni escrúpulos, haciéndonos poquito daño como para cerciorarnos que estábamos por fuera del sueño, escribiendo con saliva y sangre la fantasía de hallarnos frente a frente después de malvivir alejados tantas vidas. Nos besábamos donde sabíamos instintivamente que se escondía un gemido, nos mordíamos en el lugar exacto donde habitaba atrapado un grito de placer únicamente esperando ser liberado por la llegada de los dientes, mis dedos no titubeaban, si no que profanaban con el acero tibio de sus movimientos todos sus recovecos de mujer de la noche, calentando cada reducto de piel conquistado, dejándolos oscilando hasta el regreso de mis manos o mis besos. Mi vampira demostró que sus labios errantes sabían descubrir nuevas rutas para brindarme placeres intensos y despiadados, que sólo un jalón oportuno en sus cabellos oscuros los interrumpían por agónicos segundos, antes que destaparan otras vetas donde escarbar sin misericordia hasta descubrir sonidos que ignoraban hasta mis propios oídos. Nos desvestimos contra la pared, matándonos uno al otro entre mordidas y caricias inagotables, haciéndonos pedazos con la boca y armándonos de nuevo con la lengua, a cada beso animal con menos ropa y menos calma, disparándonos de esos besos mezcla de amor y odio que sólo se comparaban con las zanjas que dejaban sus uñas en mi espalda y las marcas que le imprimían mis dientes en la delicada piel que había estado escondida bajo el vestido. Nos bebimos la noche en todos los lugares donde llueve el amor y más se encienden los grandes deseos. Dos rivales extraños que por fin se infligían las heridas que la pasión exige y el cuerpo anhela, dos armas de fuego que jugaban a golpearse, ahorcarse, penetrarse y fundirse en un abrazo húmedo e hirviente. Un duelo no mortal, sin otro ganador que el destino de dos amantes escritos uno para el otro. Mi vampira me enseñó al recibirme en su interior, que la frialdad de su piel era una mentira escondida en el color de la nieve y ella aprendió que en la negrura de mis cabellos se agazapaba un ser más oscuro y perverso que ellos, que se asomaba en las ráfagas veloces de unas manos marcadas una y otra vez sobre sus blancos montes tirando a tinto entre espasmos de placer y gritos secos. El juego se volvió una guerra, cada uno buscando el fin del otro, encontrando su propia muerte en un toma y daca del cañón y la bala que se repujan uno al otro hasta que es inevitable la explosión intensa, la dispersión del placer en pequeños disparos que se van sintiendo en todo el cuerpo, hasta llegar con toda su fuerza al alma, al núcleo secreto donde se multiplican todos los placeres físicos.

Agotados, con la misma chispa prendida en la mirada, pero sin haber cruzado una sola palabra, nos tapamos las heridas con la ropa encima. Ella tomó sus llaves y abandonó la habitación, yo me quedé tendido en la cama, fumando un cigarro para atrapar en el humo el recuerdo de sus vuelos sobre mi cuello. Al filo de la madrugada, dejé el hotel y me fui en un taxi a recoger mi coche. En el parabrisas estaba un papel con una fecha, una hora y un número de habitación escritos con una letra que albergaba más amenazas que promesas. Firmaba: "Tu vampira".

"Te he prohibido conocer mi nombre, para que el Amor
no traicione a tu lengua en tu otra vida."

6 enero 2013

KM 12

CARTA A M.

México, agosto 2013

Querida M:

Estoy sentado enfrente de la vieja máquina con la que solía mandarte a diario incansables mensajes instantáneos en aquellos años de arrebato, cuando el destino nos reunió sólo para dejarnos claro que podíamos sentir el mismo inmenso amor, pero no vivir bajo el mismo techo.

Ahora te escribo desde mi casa, no tengo que sujetarme al horario específico de la oficina. Estoy solo, en unas vacaciones infinitas: Ella, a la que llamabas "la afortunada" ha abandonado este hogar.

En aquella última vez que estuviste encima de mí, prometimos no buscarnos de nuevo, en aquel último abrazo nos herimos con uñas y dientes, nos curamos con lágrimas y besos, la amargura se mezcló con tu éxtasis y yo dejé dentro de ti mis agonizantes demonios. Lo más difícil fueron los primeros meses, tuve que cambiar de actividades y marcharme a trabajar a nivel de calle, lo que fuera necesario para mantenerme lejos del Internet, para no jugar con la idea de mandarte un correo electrónico a una dirección inexistente. Lo supe que la habías cerrado al tiempo, cuando llegó de regreso el mensaje que te había escrito por tu cumpleaños.

Siempre he tenido una conveniente inclinación a romper las promesas que me contienen y alejan del Amor. Te busqué mucho, para intentar recuperarte, para hacerte cambiar de opinión, para volver a compartirte con él y hasta para hacer mis maletas para escaparme contigo. Pero no te encontré, el destino es mezquino con los cobardes y con los que no aprovechan las primeras oportunidades.

Fue hasta que desapareciste por última vez, que caí en cuenta de lo poco que sabía de ti en el mundo real: Conocía el color de todos tus emoticones favoritos o la intensidad de tus gemidos en un orgasmo, pero no tus apellidos reales ni la dirección de tu casa, nunca los consideré necesarios, siempre encontrabas el camino de regreso a mí, jamás imaginé que un día me estaría volviendo loco sin poder localizarte.

Ahora estoy libre, quisiera que pasara lo mismo contigo, que no te hubieras llenado de risas infantiles a tu alrededor y que acariciaras la idea de los amaneceres a mi lado. Quizá la rutina haya agrietado tus principios, tal vez ya no te importe tanto el corazón ajeno y pienses más en la felicidad del tuyo y del mío. A quién engaño, yo puedo estar solo, pero tú sigues estando contigo misma, la que se amarra el alma con las ganas, la que se respeta por su autodeterminación para mantener sus promesas, honrar sus principios y aceptar las consecuencias de sus decisiones.

Voy a cerrar este cacharro, con otra carta más sin enviar. No sé dónde estás y tú siempre has sabido dónde hallarme, si no has vuelto es porque has sabido ser feliz sin mí y si yo ahora estoy solo es porque "la afortunada" ha muerto y me ha dejado con todas mis nostalgias vivas y todos mis demonios despiertos.

P.D. Hay una charla interminable pendiente entre nosotros, este monólogo no cuenta.

"Le pedí que me regalara algo para recordarla toda la vida
y me regaló un orgasmo en el oído."

19 mayo 2013

KILÓMETRO 13

KM 13

1. Ruben's
2. El laberinto
3. El bosque de los castigos
4. La dama de rojo
5. Sonrisa eterna
6. Le llamaban Nick
7. Preludio
8. Las lunas de octubre
9. Epílogo - Labios de rosa prohibido

KM 13

KILÓMETRO 13 – RUBEN'S

"Everybody knows that the dice are loaded
Everybody rolls with their fingers crossed".
L. Cohen

Era una noche a finales de julio, de aquellas en las que el calor aún se resiste a ceder su lugar al clima templado del otoño y en las que sólo basta un poco de agitación para provocar humedad en el cuerpo y la imperiosa necesidad de buscar el alivio en la ligereza de ropa, el consumo indolente de bebidas frías o el placentero conjunto de ambas alternativas. En el interior de un Jaguar clásico color plata sonaba la voz pastosa y nostálgica de Cohen, muy *ad hoc* con las horas y el ánimo de Max, el conductor al volante del automóvil. Una nube de humo plomizo revoloteaba en el techo del coche, escapándose violentamente por las ventanillas y formándose de nuevo en cada bocanada, tal como ocurría con los planes en su cabeza para pasar las últimas horas antes del eventual retorno a casa. Cada posibilidad luchaba inútilmente por su vida, sólo para ser masacrada sin piedad por aburrida o por su carencia de emociones nuevas. Muy atrás habían quedado las trasnochadas con los compañeros de parrandas sin fin y las noches en la búsqueda del eternamente fugaz amor físico o el mítico amor eterno, ahora cazaba a solas en lugares estratégicos y medios bien estudiados, ahí radicaba principalmente la masacre de sus planes esa noche, todos estos sitios eran predecibles y descartables.

Hacía tiempo que Max caminaba por la cuerda floja de la vida y no se había percatado de ello. Todos saben que el sexo es adictivo, pero lo que no saben es que es por su conexión con nuestras raíces primarias. El aroma a excitación de una mujer es el más sutil de los olores y también, el más detectable a nivel del inconsciente para los machos de la especie humana; una verdadera droga natural para quienes la han saboreado en su forma más pura: líquida, caliente y manando directo de la fuente. Max era adicto al embriagante olor a entrepierna mojada, esa era la delgada cuerda por la que caminaba a ciegas, sin más brújula que sus ganas. Estaba acostumbrado a su efecto, a buscarlo y obtenerlo en cualquiera de sus manifestaciones y expresiones, física, textual o auditiva. Los efectos eran suficientemente efectivos para no hacer distinción ni desaire al que se presentara primero. Una sesión de sexo telefónico, con una trama excitante, susurrada en el tono de voz adecuado y con una interlocutora sensual y creativa podía ser tan intensa y apasionada como un blow job o un rapidín en un lugar público. Para la mayoría de los seres humanos esas son meras fantasías que nunca suceden más allá del terreno de los sueños y que adquieren un aura de misticismo sexual más allá de la realidad. Pero para Max, todas esas visiones eróticas cumplidas eran parte del exceso de equipaje con el que cargaba a la hora de buscar parejas sexuales y sentimentales. Le resultaba difícil conformarse con hábitos comunes y comportamientos promedio, sus expectativas sexuales se elevaban muy por encima de la media demográfica.

Aquella noche se decidió por hacer una parada tardía en Ruben's con la idea de tomar un trago, fumar un cigarrillo y quizá, levantar algo más intenso para beberlo de madrugada. En la barra se hallaban algunos clientes conocidos, compañeros regulares que acompañaban en silencio su soledad con la callada o bulliciosa soledad de otros retazos de la misma tijera. En algunas mesas no faltaba la promesa velada de una antigua compañera de sexo casual, pero ninguna que lo motivara a lanzarse al conocido vacío de las caricias sin química. Después de un largo trance de estar sentado en su mesa, a solas con sus elucubraciones filosóficas-etílicas, se percató que Ricky, el encargado del lugar estaba a poco tiempo de correrlos a todos con el cruel encendido de las conocidas luces mata alegrías arrojándolos sin piedad a un mundo libre de humo, huérfano total de complicidad para los defectos físicos. Aunque bien recordaba ocasiones en las que la hora de cierre se había demorado para favorecer algún romance que se fraguaba o por la simple compasión de dar un rato más de refugio a la soledad conjunta.

Ricky, no era el dueño, por lo menos no se ostentaba como tal. Hasta donde Max recordaba de las charlas en la barra, entre un trago y el consumo lento pero consistente de aceitunas, le había escuchado que la dueña de Ruben's era su esposa, una antigua y jubilada Escort, ahora arañando los cincuenta quién había fundado el bar como fachada para un negocio alterno de citas para caballeros y ahora le dedicaba el tiempo nocturno y toda su experiencia en el ramo para seguir percibiendo ingresos a costa de los vacíos emocionales o sexuales de sus clientes, hombres y mujeres. Cuando Ricky entró en su vida, tuvieron uno de esos raros acuerdos que logran las parejas que hacen del amor una perfecta balanza que otorga a cada uno lo que espera y necesita. Ella podía dedicarse tranquilamente en las noches a su antigua profesión sin practicarla, pero obteniendo con ella mejores entradas monetarias y Ricky podía hacer uso del tiempo libre obligado de una manera complementaria y alejada de los peligros que subyacen en las parejas que viven en husos horarios diferentes. Para ambos era lo mejor que podían aspirar sin renunciar a su estilo habitual de vida, Ricky había sido barman, barista y hasta guardia nocturno en su larga lista de oficios, por lo que estaba habituado a trabajar de noche, pero más que nada, a convivir con esos seres especiales que parecen asomarse sólo cuando la luna esta en lo alto del firmamento.

Max se preparaba a pedir una última copa y sacar otro cigarrillo de una cajetilla semivacía que dormitaba en la mesa al lado del cenicero, cuando la vio por primera vez, con su insoportablemente sensual vestido rojo y un caminar soberbio sobre tacones, como una mantis religiosa. Ella entraba en el tercer puesto de una fila despreocupada de trasnochados que la acompañaban sin saberlo, para hacer derrapar a Max en una de las curvas más peligrosas que le deparaba el destino. Si para el mundo el rojo es señal de pasión, para él sería a partir de esa noche, sinónimo de una mujer sin nombre, que cavaría surcos imborrables de lava caliente en su espalda, una emperatriz del sexo que llegaba como ladrón a su vida, justo en el estertor de aquella madrugada de tragos y alegrías artificiales, y se marcharía de la misma manera alguna vez.

Para la buena o mala fortuna de Max que estaba por marcharse, en el momento de aquella inesperada irrupción estaba a pocos metros de la mesa que les asignó el mesero y hasta ese instante tomaba su bebida con desinterés en aquel ambiente ensopado de sudor e impregnado de olores mezclados de cigarros medio consumidos, alcoholes baratos y perfumes tibios con aroma a sexo desesperado. Con estudiada parsimonia y disimulado interés llevó su bebida a sus labios, lo que le permitió echar un largo vistazo a la dama de rojo, recorrerla desde las zapatillas rojas con puntas en 12cm, hasta la cabellera negra, ondulada y mortalmente larga a media espalda o por debajo del pecho, según se la acomodara. Se dio el lujo de paladear el vodka en su boca repasando varias veces la curva de sus caderas y el estrecho por encima de su cintura. Era bella en una forma salvaje y felina, más que mirarla, la olía, toda ella emanaba un aroma a sexo ancestral y amazónico, su rostro había dejado atrás la inocencia, pero aún no había huellas del paso inexorable del tiempo. Su boca era una discreta rendija al infierno, pintada de un rojo más que intenso, sugerente. Era imponente con ancas de yegua y altura de amazona, esculpida con mucha piedra, aunque todo bien cincelado en su lugar. Sus pechos eran una cobija capaz de arropar a cualquier vagabundo y volverlo el hombre más feliz sobre la tierra. Max dio una larga chupada a su cigarrillo antes de desviar la mirada, como para desquitarse con el tabaco por el dolor de quitarla de sus ojos y dirigir la mirada hacia cualquier otro lado.

Algunos minutos antes meditaba en marcharse, pensando que no había nada que lo retuviera en Ruben's, incluso la mujer de rojo estaba bien franqueada y ni para él era buena idea intentar algo con ella. Sin embargo, reparó en lo extraño del grupo de entes que la acompañaban, eran dos mujeres y tres hombres, con ella se formaban 3 parejas disimiles, sin ese aire cotidiano que tienen las parejas que mantienen una relación amorosa normal. Ninguno de los varones era feo, ni demasiado atractivo; era el conjunto lo que los hacía llamativos para el sexo opuesto. Vestían ropa formal, de buen gusto y cara, tenían modales educados, eran atentos y sabían reír o escuchar en los momentos precisos. Las mujeres estaban vestidas y maquilladas como se visten las mujeres que salen de casa pensando que esa noche se las van a coger. Es decir, se veían impecablemente seguras de sí mismas e ingrávidamente sensuales. Se movían de manera provocativa, aunque con clase y naturalidad, como lo hace la mujer que está acostumbrada al poder, a la riqueza o la belleza. Quizá fue esa proyección sobre sí mismo lo que llamó la atención de la mantis religiosa hacia el hombre de la mesa de lado. Max vestía un pantalón negro de sastre, una camisa italiana color blanco y un saco que le caía perfecto de los hombros a la cadera. Su cara estaba afeitada en las áreas que no ocupaban su barba de candado y ésta, estaba bien cuidada y recortada, con algunas de sus canas asomando en el bigote y la barbilla, como recordatorio al mundo de sus andares por la vida. Tenía unos ojos terriblemente solitarios, con una pincelada de ternura en el iris que desarmaba en las distancias muy cortas. Max era de esos hombres que buscan la mirada de una mujer sin miedo, pero sin insistencia, que sabe mirar de reojo y esperar el momento para mover la vista en el segundo preciso para cruzarla con la presa sin que se preste a la percepción de estarla buscando. Así sucedió con aquel primer cruce de espadas, Max la esperaba sin verla de frente, aunque nada le había preparado hasta entonces para ese vistazo al abismo en su mirada. Duró segundos, él sonrió con el brillo descarado del coqueteo en sus ojos y ella le respondió desviando indiferente la mirada, como diciendo:

"No te he visto y si lo hice no estoy ni remotamente interesada en ti, mírame si quieres, pero ya tengo acompañante y no eres tú".

Sólo para volver de nuevo la vista hacia su mesa al cabo de unos instantes, cuando el tiempo transcurrido podía juzgarse de prudente y que, apuesta de por medio, él debería estar mirando hacia otro lado, como perro apaleado.

Para su sorpresa y la de sus demonios del sexo, efectivamente no la miraba directamente, pero estaba al pendiente en la periferia de los movimientos de su cara y la atrapó estudiándolo descarada y lascivamente. Esta vez no tuvo más remedio que sostenerle la mirada, se enfrentaron en una esgrima visual en la que perdería el que desviara la vista primero, aquel que sintiera miedo a que se le asomara el alma por las pupilas. Terminaron en empate, un mesero se atravesó, rompiendo el contacto visual para informarles que esa sería la última ronda de bebidas, pues estaban por cerrar.

Con una señal de mano, Max pidió la cuenta a lo lejos al mesero, mientras la traían se levantó para ir al cuarto de caballeros. En el camino pasó por la barra y una idea se le reveló al mirar a Ricky sirviendo una cerveza en un tarro grande y helado a un hombre de nariz roja y un saco azul que tenía más arrugas que un pergamino egipcio. Con una sonrisa en la cara se recargó en la barra y esperó que Ricky lo identificara y se acercara a saludarlo, uno de los privilegios de ser regular.

— Buenas noches, Lobo — le dijo Ricky, aludiendo a su fama de cazador.

— Hola Ricky, veo que casi llega la hora de despertar. respondió Max.

— Mi mujer aguarda por mí en la agencia, le gusta regresar a casa colgada de mi brazodijo el cantinero atusándose la boina.

— ¿Quién dice que ha muerto el romance, eh?— bromeó Max. Tras una pausa calculada, prosiguió— ...Oye Ricky, ¿qué sabes de la dama de rojo? — le soltó sin más.

— De ella sé lo mismo que tú, que más de uno mataría por meterse bajo ese vestido —dijo Ricky —. Sólo reconozco a uno de los tipos que la acompañan, si aprecias mi consejo, olvida que los has visto. El más alto de ellos, ése que tiene un mentón de toro y hombros de travesaño de barco, le rompió el culo a la texana, una de las chicas regulares. Según supe después, la levantó de aquí hace unos meses, la llevó a un motel, al parecer todo pintaba para un sexo casual, normalito y bien pagado, hasta que unas cuerdas aparecieron en sus manos. Cuentan las chicas que la tuvieron que llevar a la clínica del Dr. Stevens, que su acompañante de cama la tuvo amarrada varias horas y se le metió por todos los lados posibles, además de otras bestialidades. La texana es fina como espiga o un carrizo en primavera, delgada y de nalgas angostas, dicen que aullaba como animal herido y estuvo un mes sin querer acercarse a una verga ni en fotografía. No soy un santurrón, tú lo sabes, pero hay modos y algo que se llama consentimiento —finalizó con su consejo, antes de irse a servir una última ronda en la barra.

Max se escabulló de entre los bancos de la barra y enfiló hacia el baño de hombres, dando vueltas a las palabras de Ricky y relacionando la información con lo que había observado por sí mismo. Había pasado unos cuantos minutos dentro y estaba a punto de tomar la manija para salir del baño, cuando ésta se abrió desde afuera, se hizo hacia atrás para no chocar con la puerta y dejar entrar al hombre que estaría por aparecer, pero se quedó de una pieza al mirar hacia la entrada. La dama de rojo no entró por completo, pero le tomó del cuello de la camisa y lo jaló con decisión hacia afuera, haciéndole creer por unos segundos con este movimiento que lo besaría o quizá mordería su cuello; sintió su aliento cálido y con un ligero vaho de alcohol pegando contra su rostro sorprendido y un fino perfume de mujer colándosele por debajo de su camisa, en picada directa hacia abajo, despertando en milisegundos su carne. Ese fue el tiempo que le tomó olvidarse del cantinero y la adrenalina se disparó por todo su cuerpo. Cuando los labios de la mujer rozaban casi la oreja de Max, agitándole los vellitos transparentes con su aliento y provocándole violentas bombeadas de sangre en las sienes, su boca le susurró misteriosamente: "KM 13, en 20 minutos" y le soltó la camisa sin esperar respuesta, ni voltear a verlo, dejándolo desconcertado, con una erección que le reventaba el pantalón y los latidos del corazón retumbando debajo de los vellos del pecho.

Cuando regresó a la mesa se percató que el grupo completo de la mesa de la dama de rojo se había marchado, pagó atropelladamente su consumo y salió de prisa al aire tibio de ese verano postrero con su cigarro encendido colgando de los labios y en la mano las llaves que lo llevarían a un punto preciso en el mapa. Aún temblaba conmovido por la escena y la fugaz fantasía de tener sexo en el baño con esa inquietante mujer. En su nariz revoloteaba el aroma a perfume fino y entrepierna húmeda. Había un inconfundible sabor a aventura atrayéndolo, introdujo la llave en la chapa gastada de décadas de uso y se dejó caer sin una pizca de duda en el asiento del conductor. Percibía que algo fuera de lo común le esperaba en el Kilómetro trece, todo su instinto se lo gritaba y por nada del mundo se lo perdería.

Max manejó sin problemas, no había bebido gran cosa y la

carretera estaba desierta, a esa hora eran pocas las llantas de automóviles que rodaban por el asfalto. En su cerebro el humo del cigarro se mezclaba con los intentos por encontrarle sentido a aquello. A cien metros, pasando la curva del último tramo del KM 12 vio una extraña formación de autos estacionados en el acotamiento de la carretera, todos eran de colores oscuros, como si fueran hijos de la noche, además estaban lustrosos y olían a lujo y buena vida. El corazón le dio un nuevo brinco en el pecho, se sentía en un tobogán de sensaciones nuevas y descontroladas, pero la necesidad de dilucidar el misterio y también la mezcla de excitación y miedo lo instaron a estacionarse detrás del último coche. Por instinto apagó las luces y se quedó sentado detrás del volante esperando, sin saber qué, sólo con la certeza que era lo adecuado.

No fue necesario que esperara mucho, desde su privilegiado lugar pudo observar dos manos de mujer que estaban pegadas por dentro al vidrio trasero del coche enfrente del suyo. Una cabellera castaña alborotada subía y bajaba a ritmo semi-lento y con sugerente cadencia. Reconoció a la mujer, era una de las acompañantes de la dama de rojo. La que estaba sentada en el extremo de la mesa y vestía un pantalón crema ceñido a la cintura y una blusita color carbón consumido que le dibujaba a la perfección un par de senos de melocotón cobijados bajo algún sostén fino y diseñado para hacerla ver delgada y segura de sus encantos. Max sintió entre las piernas el latigazo del placer voyerista y bajó la ventanilla en automático para atrapar cualquier sonido que fuera posible arrebatarle al viento. Así como la nariz puede detectar ciertos olores, hay sonidos para los que el oído está especialmente entrenado para captar y que pueden discernirse en la más caótica cacofonía, no se diga en el más profundo silencio, sin importar cuánta distancia haya por medio. Unos gemidos de mujer viajaron claramente por el aire para entrar como alfombra voladora por la ventana como si no estuviera a varios metros del otro auto, sino sentado en alguno de los asientos libres, observando cómo la garganta de ella jadeaba excitada y demandaba con acento arrebatado que se lo dieran más duro, que no parara de penetrarla de esa manera. Los gruñidos de esfuerzo y placer de una voz masculina se entrecruzaban con sus gemidos, un hombre estaba sentado por debajo de ella y era el dichoso responsable de impulsarla hacia arriba y jalarla hacia abajo de las caderas, hacia su estaca empapada y despiadada.

Max estaba por prender un cigarrillo, más por evitar la tentación de poner las manos en un lugar distinto del volante que por ganas de fumar, cuando al raspar el encendedor para abrir fuego contra el tabaco, alcanzó a percibir otros gemidos de mujer más lejanos y arrastrados. De alguno de los autos de más adelante en la línea, otra pareja o trío estaba cogiendo salvaje amparados por la noche. Los sonidos eran inconfundibles y el miedo había cedido por completo su lugar a una intensa excitación. Sentado con su inseparable cigarrillo entre los dedos, se debatía entre seguir siendo espectador o apercibirse en alguno de los automóviles. Pero intuyó un código secreto en todo aquello, no había sido invitado para unirse a ellos, sino para ser testigo, la dama de rojo lo quería observando, intentando determinar cuáles gemidos eran los suyos y envidiando al hombre que se los provocaba. No podía ni debía abandonar su lugar, no sabía cuál podría ser el castigo, mas intuía que lo habría. Se puede atisbar al infierno, pero no evitar perder pedazos de alma en el proceso. Max se quedó inmóvil escuchando los gemidos, dando chupadas al humo cuando por dentro habría querido estar chupando piel de mujer, si era caliente y húmeda, mucho mejor.

Su mano derecha soltó el volante, con el pretexto de descansar se posó sobre la palanca de velocidades y en algún momento, cuando lo auxilió para prender otro cigarrillo, terminó reposando por debajo del cinturón, justo sobre el bulto que golpeteaba encabritado la tela de su pantalón. Con la palma completa, su mano se restregó contra su carne por encima de la costura de la cremallera, como quien intenta en vano tranquilizar a un animal salvaje, lo empujaba tratando de confinarlo a su encierro, pero regresaba fiero y con renovadas fuerzas a exigir que lo liberaran de su prisión de tela. Los sonidos de fuera no hacían sino agitarlo más. Unos gemidos cada vez más intensos entraban por los oídos de Max que observaba a la mujer apareciendo por la ventana del auto cada vez que el hombre debajo de ella la levantaba para atraerla de nuevo hacia él y dejarla caer sobre aquel animal que si estaba libre, bebiendo y disfrutando de las entrañas húmedas de su jinete.

La puerta del carro al inicio de la caravana se abrió y salió caminando mortalmente sensual la dama de rojo. Cruzó por enfrente de la defensa delantera del último coche de la fila, aquel donde se hallaba refugiado Max y se coló por la puerta del copiloto hasta quedar sentada al lado de él. En silencio, sin dejar de mirar hacia su pantalón, le retiró la mano derecha de donde estaba, bajó la cremallera y la relevó de su labor con sus labios carmesí. Max cerró los ojos y se dejó llevar por la intensa y ardiente sensación de estar dentro de una boca de mujer. Su roce era intenso, pero exacto, calmaba su necesidad de placer sin prisa y sin forzarlo ni por un segundo al punto sin retorno. Su agenda era meticulosa, con una mano se ayudaba en la labor de mojar y acariciar, con la otra le recorría los muslos, arrastrando unas uñas largas y heladas. Las piernas de Max eran dos soldados que colgaban de su pelvis y apenas si ofrecían resistencia, se tensaban cada vez que su general entraba en la cueva del enemigo y se apoyaban en el piso para impulsarlo en la batalla. El momento era arrollador, en todo su cuerpo se sentían intensas sensaciones de placer, era embriagante la emoción de estar en un auto a la orilla de una carretera, teniendo sexo con una completa desconocida. Se imaginó que ahora podían ser los otros quienes los estuvieran observando y eso lo excitó más. La mano de la dama de rojo le abrió el pantalón y en seguida sintió una pierna lisa y encogida subiendo por encima de sus muslos. Max supo de inmediato lo que pasaría a continuación. No hubo tiempo para pensarlo, pero ni aunque lo hubiera pensado habría rechazado lo que se venía venir. Su carne inflamada sintió el aire fresco de la completa libertad y rozó con su punta la suavidad entreabierta de una piel cálida y suave, pero también húmeda y muy caliente, abrió los ojos en el momento que su boca se prendió de la suya en un beso salvaje con su propio sabor de hombre entre los labios y el sabor de una saliva dulce con un toque de alcohol. Su lengua penetró su boca, y su carne se hundió sin remedio entre la suya. Aquella debía ser la poesía que cantaban las sirenas de Ulises y ese debía ser el mejor de los viajes hacia la aventura.

Max sentía que lo estaban observando desde afuera, esa percepción inevitable que se siente de no estar solos cuando efectivamente hay alguien siendo testigo de lo que uno hace. Con los ojos cerrados se imaginó a los acompañantes de la dama de rojo mirando cómo la carrocería del Jaguar se balanceaba candentemente de un lado a otro. Disfrutando, como antes lo hizo él, aquel placer voyerista de ver a dos seres copulando sobre un asiento, chocando con el volante de un auto y mojando las vestiduras. Se los imaginaba atentos, compartiendo su placer. La amazona de rojo lo montaba con bravura, revolvía su cadera en un ritmo intenso y se tallaba contra su bajo vientre, tragándose por completo la carne que los unía. Se olvidó por un momento de los espectadores y se concentró en la placentera sensación de estar debajo de ella, recibiendo y absorbiendo el deseo líquido de sus entrañas de mantis religiosa. Entre un movimiento y otro, ella clavó sus uñas en sus hombros, usándolos para revolverse herida de muerte. Max se le prendió del cuello con labios ansiosos de besar y morder, por debajo del vestido le metió los dedos entre las nalgas, abriéndoselas, aferrándose a ella para jalarla hacia él y clavarse más adentro de ella, para herirla con todo el filo de su espada. Era una toma y daca posesiva, orquestada y administrada por una experta anfitriona, donde Max hacía su aportación, pero la mayor parte estaba a cargo de ella. Su cabellera negra caía sobre el rostro de su compañero de aventura, su perfume inundaba toda la atmósfera del coche y su garganta disparaba unos gemidos de leona, no gritaba, gemía y jadeaba en completo control del placer de su cuerpo, tomando de Max lo que necesitaba para satisfacerse a sí misma, no estaba ahí para beneficio de él, sino al revés. Ella lo había elegido para hacerlo mirar lo que pasaba delante de sus ojos en los otros automóviles y provocar que deseara ser uno de los protagonistas que saboreaban las sublimes sensaciones de ese tipo de aventura sexual. Max le estaba agradecido por ello, debajo de ella, a punto del más increíble de todos sus orgasmos, le dio toda la dureza y resistencia que le quedaba, se inflamó de nuevas fuerzas y su compañera se percató y aprovechó al máximo el regalo. El ritmo de sus caderas se volvió rapaz, una vorágine de placer hedonista en la búsqueda exclusiva de su propio final. Con ambas manos se aferró por debajo de la camisa a los hombros de Max, le dejó las uñas bien enterradas en la piel y se sacudió replegada contra su pubis empapado, asfixiando su carne hinchada y enfebrecida por el castigo, sin pausa, ni piedad, una y otra vez, hasta alcanzar el éxtasis al sentir la explosión descontrolada de Max en su interior.

Por la mente del hombre con el pantalón abierto y una mujer sin nombre en su regazo brotó la idea de mirar hacia afuera y constatar la presencia de los cómplices y testigos, pero no era necesario, sabía que los habían estado observando, era parte del ritual, de los beneficios de ese club singular al que hoy había sido invitado. Pensó en mil cosas por decir, mas no había necesidad de hacerlo, todo lo que querían decirse lo habían dicho con el lenguaje del cuerpo. Había sido iniciado en los secretos de una hermandad del sexo y sólo deseaba ser aceptado en ella, sin importarle las consecuencias ni las reglas.

La dama de rojo dio señales de vida escapando del abrazo involuntario en que habían quedado debido a la inercia del acto sexual, se retiró un poco dejando la cabeza recostada en uno de los hombros de su extasiado compañero, en donde la giró lenta y premeditadamente para besar la base del cuello que le quedaba al lado, el cual recorrió en un largo y lascivo beso hasta llegar al oído de un Max ahora alerta a cada señal recibida. Fue en ese punto que la mujer entreabrió los labios y Max sintió de nuevo su aliento cálido y la misma inquietud de tiempo atrás en el baño de Ruben's. En un esperado *dejavú* volvió a escucharla susurrarle al oído: "KM 27, en una semana". Una sonrisa de satisfacción se perfiló en la boca del sorprendido receptor, expandiendo ligeramente el candado de su barba, en cambio ella se mordió un labio y le pasó un dedo por encima del pecho.

La dama de rojo sin voltear a verlo, en un sólo movimiento se acomodó el vestido, abrió la portezuela y descendió para dirigirse con pasos arrogantes al auto que se ubicaba al frente de la caravana. En cuestión de segundos, como si todos hubieran estado esperando esa señal, el resto de los autos encendieron y emprendieron la huida.

De pronto, Max estaba completamente solo en medio de la carretera con los pantalones abajo y una camisa blanca y arrugada cubriendo parcialmente el campo de una épica e inolvidable batalla. Con una alegría desconocida asomando por sus ojos cerró el pantalón y rescató un cigarrillo huérfano de una aplastada cajetilla, victima causal de los acontecimientos. Acercó el fuego al cigarrillo, le dio una larga chupada y giró la llave de encendido del coche, de las bocinas brotó la voz inconfundible del poeta del caos.

"If you want a lover
I'll do anything you ask me to
And if you want another kind of love
I'll wear a mask for you"
L.Cohen

KILÓMETRO 13 - EL LABERINTO

Los caminos del laberinto son sinuosos e irreversibles. El laberinto es el viaje a nuestra satisfacción sexual y sus encrucijadas son los detonadores necesarios para alcanzarla. Hay laberintos simples de veredas convencionales. Sus prisioneros encuentran la libertad en los placeres socialmente aceptables, inculcados desde temprano y confirmados mediante la experiencia sexual. Los que viven atrapados en laberintos complejos son torturados por los peores demonios del sexo. Van cayendo por una escalera en espiral que los aleja cada vez más de las salidas fáciles. Cada escalafón más decadente, cada caída más irremediable. En los primeros niveles están los placeres templadamente extravagantes. Un toque de perversión y nada más.

Devoción por los tatuajes, los lunares o cierta característica física. Un poco de fetichismo; alguna desviación ligera como un dedo en el culo o masturbarse viendo al otro hacer lo mismo; uso ligero de cuerdas y juguetes sexuales. En los niveles secundarios, la ecuación del sexo no se resuelve sin todas las variantes despejadas. Incluye rituales especiales, patrones de conducta que se desvían de lo normal y prácticas específicas. Sadomasoquismo, máscaras y guiones, pequeños daños físicos con cera y materiales calientes, tríos y orgías. En los niveles más profundos, se es esclavo del laberinto, las huellas son borrosas y los parámetros exigentes. Las filias son soberanas absolutas, nadie escapa vivo del último círculo.

El nivel del laberinto no está en función del placer recibido, sino en la percepción de éste. No goza ni más ni menos el prisionero de un nivel que de otro, pero su percepción del placer está sujeta a cumplir con los requisitos de su escalón sexual. La falta de estos requisitos abre una herida en su psiquis. El cazador se vuelve presa; la presa se transforma en trofeo. Quien conoce la clave secreta de otro se vuelve el carcelero de su laberinto. Quien tiene la llave cierra por dentro y se enfrenta al monstruo en el laberinto.

Dos en un laberinto se vuelven simbiosis. El ying y el yang de una misma fantasía. Las dos caras de una moneda. La que monta y el potro que se rebela. La marca del laberinto se lleva tatuada en la mente, nada la borra ni sustituye, es indeleble e imperecedera. Buscamos a quien tenga la habilidad de mirar directo a los ojos del monstruo y que se quede a besarle las cicatrices de los grilletes. Están quienes aceptan el laberinto y quienes lo esconden en el closet. Los que reniegan de él y se engañan dando vueltas en el laberinto equivocado.

Están los que dejan todo por abrazar las paredes de su amada encrucijada. los que renuncian a la consciencia, entierran la moral y escriben nuevos principios para convivir con el monstruo en sus venas.

El laberinto nos tiene a todos. Todos somos un laberinto gigante llamado raza humana.

Kilómetro 13 – El bosque de los castigos

El sol de aquel domingo había avanzado varios puntos en el horizonte. Los vidrios en las ventanas de casas y edificios estaban calientes y un ligero vapor se desprendía del pavimento en las calles. Parecía que el verano había decidido dar su última función antes de marcharse de gira por un año, era eso o que el Diablo estaba alegre por el trabajo de sus muchachos en la madrugada.

En el estacionamiento subterráneo de un viejo edificio de grandes ventanales, revestido con paredes azules y rayas blancas, estaba estacionado un Jaguar plateado. En el último piso, su dueño dormía a pierna suelta. Por debajo de unas sabanas grises asomaba una pantorrilla velluda y sobre una almohada descansaba una cabellera oscura y despeinada. Sus mejillas morenas mostraban una barba ligeramente crecida, sus labios entreabiertos estaban enmarcados en vello negro con pinceladas blancas y sus párpados denotaban el incesante movimiento de un par de ojos que no dejaban de desplazarse, aunque lo único que captasen fuera una noche artificial. Max recobró la consciencia lentamente, al mover los hombros sintió unas punzadas de dolor en el brazo derecho y recordó su papel de semental en la madrugada anterior, también le escocían los labios y el sexo lo sentía aporreado.

Debajo de las sábanas sintió un respingo doloroso por aquellas memorias y una sonrisa torcida asomó en su cara. Recordó a la dama de rojo algunas semanas atrás y su invitación en Ruben's para verse en cierto punto de la carretera estatal y el misterio de aquella hermandad secreta. Dentro de la ducha pudo constatar el daño que nuevamente habían dejado el filo de unas uñas en su espalda, en un brazo tenía las marcas de unos dientes pequeños y afilados, un sacrificio que había valido la pena por aquel orgasmo trepidante en el estacionamiento vacío de la Facultad de Medicina. Los cajónes vacíos habían sido testigos de su encuentro con "Adriana", la chica de pelo castaño que había espiado en su primera noche. Ahora conocía el tamaño y el sabor exacto de sus senos, el olor de su sexo y el sonido de sus gemidos, sabía que se humedecía poco y en ocasiones rompía el coito para ensalivarle el miembro antes de clavárselo de nuevo. Se puso caliente de nuevo y deseó tenerla desnuda y recostada en su cama, pero eso estaba fuera de los límites; estaba prohibido intercambiar sus nombres verdaderos y los números de sus teléfonos móviles, cualquier tipo de comunicación que pudiera dar pie a crear lazos íntimos o amistosos entre ellos. Aquello le había quedado muy claro con lo acontecido en el bosque. Max salió de la ducha y mientras frotaba la toalla para secar el agua que escurría por su cuerpo desnudo empezó a rememorar el episodio en el bosque.

Fue apenas una semana después de lo de Ruben's recordó Max. La siguiente cita del club de lectura de cuerpos había tenido lugar algunos kilómetros más adelante del Kilómetro Trece. En una zona donde la carretera está bordeada por grandes árboles y las posibilidades de ser descubiertos en plena madrugada por ojos curiosos o una patrulla son muy remotas. La caravana se había formado en el mismo orden de jerarquía, al frente estaba un Mercedes de años recientes que pertenecía a la líder del grupo, la dama de rojo y el resto se alineaba detrás de acuerdo a su antigüedad. Los nuevos como Max, se quedaban rezagados al fondo de la fila y debían captar las órdenes a la primera, pues no había un manual ni nada a donde recurrir para despejar sus dudas. En esa, su segunda vez, Max se quedó fumando y esperando dentro de su auto, no sabía qué otra cosa hacer, suponía que algo ocurriría, habría alguna señal que le indicaría cuál debía ser su papel y entonces actuaría de acuerdo a éste. Sus ojos no se perdían detalle, miraba cada uno de los coches, a la expectativa que algo ocurriera. Pero no pasaba nada, creyó que había llegado a destiempo o que quizá se habían ido todos al bosque y aquí estaba él, como idiota, perdiéndose la diversión. Se estiró todo lo que pudo, para despejar inconscientemente las malas suposiciones, las piernas hacia el piso del coche y los brazos apuntando al techo. Dio una nueva fumada a su cigarro y fue cuando notó movimientos en su periferia.

La portezuela del coche de enfrente se abrió, dejando salir a un hombre pálido que pasaba la treintena, su piel clara resaltaba dentro de sus ropas oscuras, como si fuera alguno de los vampiros de Rice que había cambiado el hábito de la sangre por el sabor del sexo. Su cara se extendía por toda su cabeza calva y sobre ella viajaba un sombrero bombacho. Al salir del auto se ajustó el saco como preparándose para ofrecer su mejor aspecto y volteó sin mirar hacia donde los ojos atónitos de Max lo observaban. Sus pasos enfilaron en esa dirección, meditando durante el breve desplazamiento que seguramente el novato estaría pensando que esta vez le había tocado en el sorteo un hombre y estaría buscando desesperado cómo escapar de la situación o quizá resultaba ser uno de esos especímenes extraordinarios capaces de amar en dos direcciones. A saber, por lo observado con anterioridad, el nuevo disfrutaba el contacto de la piel femenina, así que se le ocurrió una idea que lo haría sufrir un poco. Ocultó una sonrisa bajo el sombrero para agacharse al llegar a su destino para dar el mensaje.

—Bájate y sígueme, te toca conmigo —le dijo a Max por la ventanilla del copiloto.

En la cabeza de Max se desató una batalla campal entre todos sus pensamientos, los sucios y perversos contra los racionales y convencionales. Se negaba a aceptar la corriente de excitación traicionera que recorría sus vertebras como el arañazo del Diablo, aunque en el menú de sus extravagancias no estaban las pelotas de hombre, este era un club muy especial en donde no dudaba se pondrían a prueba sus propios límites. Empezó a caminar detrás del hombre de negro, pensó que tal vez la dama de rojo los esperaba en su coche y todo aquello terminaría en un trío con ella y el tipo a quien ahora le seguía los pasos, aquella idea lo excitó aún más. Se percató que sin querer lo estaba estudiando por detrás, pero sin connotaciones sexuales, era de una estatura similar a la de Max, que rondaba el 1.80, apenas a unas décimas del número perfecto, del número redondo con que sueñan todas las mujeres, por eso cuando le preguntaban su estatura decía que era 1.80 sin más, los tacones de sus zapatos no lo dejaban mentir y a nadie hacía daño con ese inocente redondeo que además servía para cumplir fantasías y trazar un brillo en la mirada de la mujer que había hecho la pregunta.

Conforme se acercaban al extremo de la caravana, escucharon los rumores de una discusión. Max divisó de espaldas a "Bruno", el troglodita del que le había advertido Ricky en el bar, se notaba inconforme y empujaba con ambas manos a otro de los hombres del clan, "Armand" era un tipo delgado y atlético, pero de un peso muy inferior a su oponente.

— El sorteo es una mierda —le espetaba "Bruno" a "Armand"— tú no tienes jerarquía, yo digo que se debe elegir a nuestro acompañante y la quiero a ella. Su contrincante no hablaba, sólo desviaba las manos que buscaban imponerse sobre sus hombros, aunque intentaba no retroceder ante su embate.

Al cabo de unos pasos, "Armand" se plantó de frente como David ante Goliat y levantó los puños, decidido a dar pelea. Nadie intervenía en el connato de duelo, los duelos por una mujer son algo muy privado, aunque haya público de por medio. Los cinco restantes se limitaban a verlos intercambiar algunas fintas a la orilla de la carretera, midiéndose uno al otro. Sin embargo, el primer puñetazo y todos los demás, los encajó el mastodonte en su involuntaria víctima. En la cara de "Armand", un lienzo pardo con una nariz recta aparecieron unos manchones rojizos. Un grito de la dama de rojo detuvo la pelea cuando fue claro que aquello era un monologo de un par de puños. Al oír la voz de la dama de rojo, el clan cambió de postura para escuchar el desenlace. El motivo de aquel altercado se debió a que "Bruno" se inconformó del resultado. "Roxanne", la rubia del grupo, le había tocado en el sorteo irse con "Armand", el hombre que ahora tenía la cara menos manchada de sangre que el orgullo marchito. Era evidente que se habían roto las reglas. El mastodonte y la moderna Helena se habían estado viendo a escondidas entre semana, sin que nadie lo supiera ni impidiera; cogiendo todas las noches como si el fin del mundo estuviera detrás de ellos, inevitable y fatídico. Max se preguntaba qué implicaciones habría y algo lo hacía sospechar que lo averiguaría muy pronto. Esa madrugada la sesión de sexo casual fue una dura lección que "Bruno" tuvo que soportar con el estoicismo de un beduino.

El clan de los siete abandonó los autos a la orilla del camino. Los cuatro hombres vestidos de negro y las otras dos mujeres vestidas a discreción enfilaron hacia el bosque, siguiendo a su reina. Max notó que ninguna vestía de rojo, sólo ella, la mujer a la cabeza de la expedición, que como una novia privilegiaba el color para su exclusivo uso. Obedeciendo sus instrucciones se internaron entre varios árboles grandes y espigados. Reinaba un silencio sepulcral, hasta los animales salvajes dormían a esa hora y sólo se escuchaba el lejano ulular de una lechuza. Caminaron por algunos minutos, pisando la hierba verde y pateando alguna piedra desprevenida, hasta llegar a un área despejada en donde hicieron un alto. Parecía que todos sabían lo que iba a suceder, menos Max, que se sentía presa de una desconocida y creciente excitación. Todo era nuevo para él y le producía un pérfido placer no tener idea de lo que sucedería a partir de ese momento. Imaginaba que habría algún terrible castigo por aquella violación a las reglas. Se sentía afortunado de estar presente y deseó nunca estar a merced de las manazas de "Bruno" o provocar la desaprobación de la dama de rojo.

Hombres y mujeres formaron un círculo alrededor de la rubia que agachaba sumisa la cabeza, como aceptando su inminente castigo, había un toque ceremonioso en toda aquella rutina. Ella vestía una falda de mezclilla azul eléctrico que le daba por encima de las rodillas y una blusa a cuadros en tonos naranjas de dos intensidades. En torno a ella estaban todos, menos "Bruno", que también comprendía su papel, sin perder su imponente aspecto se había ido a sentar sobre una gran roca que estaba a pocos metros del grupo, con la vista clavada en la congregación. "Armand" fue el primero en el ritual de castigo, quizá por su papel de ofendido. Estaba de pie, con las manos cayendo en posición de soldado sobre sus muslos, Max notó que su respiración era tranquila y no se le veía vengativo o violento. "Armand" tomó por los hombros a "Roxanne" en una forma que no dejaba lugar a la duda y la obligó con suavidad a inclinarse hacia él, ella bajó la cremallera del pantalón que quedó frente a su boca y procedió a pagar con sus labios y su lengua la ofensa. Nadie hablaba ni se distraía mirando hacia otro lado, el silencio era absoluto, y sólo se rompía por los sonidos propios de los cuerpos moviéndose. Los ojos de los demás estaban clavados en la escena, la boca de la rubia se movía para adelante y para atrás, su lengua ofrecía el tributo de paz. La poca sangre en el rostro de "Armand" estaba seca y éste se perdía de dicha, al cabo de unos minutos de lúdico placer había olvidado los golpes y disfrutaba los movimientos y el calor de su prisión. Max sentía su cuerpo lleno de poder y una fuerte energía sexual lo cimbraba de los pies a la cabeza. La luz de la luna caía noblemente sobre las siluetas y proyectaba sombras inmóviles, excepto dos balanceándose en un movimiento sensual.

Al ritual se unió la dama de rojo, que vestía una falda plisada y de textura rugosa en tono tinto, su blusa era holgada de la cintura hacia abajo y a la altura del pecho se ceñía para contener sus frugales pechos. Con movimientos deliberadamente calculados, se plantó detrás de la "L" que formaba el cuerpo de "Roxanne", despojó firme y determinadamente de su falda a la chica, bajando el cierre trasero con la mano izquierda y al dejarla caer hasta sus tobillos puso al descubierto sus nalgas redondas y blanqueadas en el área del bikini. A la altura del sacro, el tatuaje de una mariposa en tres colores saludó las pupilas de todos con su coqueto aleteo al sentirse expuesta. Con su mano derecha la dama de rojo azotó a la rubia acompasadamente, varias veces en ambos extremos por debajo de la cadera, dejando sus largos dedos marcados en carmesí, provocando cruces de unas huellas sobre otras previas y arrancando unos gritos de la boca a "Roxanne" que gemía entre dolor y placer. Aunque había un castigo en todo aquello, no dejaba de ser parte de un ritual secreto en el que todo confluía en la satisfacción de los sentidos y la búsqueda exclusiva del placer en lo individual. Siguió el turno del tercer hombre, el calvo con su sombrero bombacho, a él correspondió un honor especial, bajó las bragas de la chica hasta las rodillas y la penetró en una sola estocada, estremeciéndola de placer y deseo, unos gemidos sosegados y aniñados salieron corriendo de la garganta de "Roxanne" para perderse en el pasto y ser la siguiente señal. Agachada, con las piernas abiertas y su cabellera rubia colgando hacia el suelo, "Roxanne" estiró sus manos a tientas para alcanzar a Max por el pantalón y repetirle el tributo pagado a "Armand" con una mano delgada y de uñas cortas y sin pintar. Un par de ojos observaban al trío sin perder detalle, sentado en su esquina de castigo, "Bruno" observaba la piel sin broncear de "Roxanne" estremecerse con las embestidas recibidas por detrás y que servían para impulsarla contra Max y tragárselo casi completo en cada movimiento hacia adelante. Su castigo era ver entregada al grupo completo a la mujer que había codiciado para él solo. Nadie le prestaba atención, aunque presente, estaba excluido de la ceremonia.

A unos metros del círculo, un árbol con el grosor de una persona se convirtió en el inesperado receptor del abrazo de la dama de rojo, que discretamente se había llevado a Armand de una mano, éste se había acomodado por detrás de ella y la penetraba con movimientos violentos con la mirada volteada hacia la otra escena, la dama de rojo también saboreaba el doble castigo que le propinaban los dos hombres a "Roxanne", jadeaba y una mano suya acompañaba en círculos íntimos el ritmo de Armand. Únicamente "Adriana", la chica de la cabellera castaña estaba aparentemente relegada de la acción. Recargada a horcadas sobre una piedra, con su vestido verde oliva extendido alrededor y cubriendo parte de la roca, miraba hacia la escena del trío, luego hacia el árbol arropado por un brazo femenino y terminaba el recorrido en "Bruno", al que miraba a hurtadillas de manera lasciva y provocativa. Un poco más abajo de su cara, sus manos estaban perdidas por debajo del vestido, tocándose entre las piernas, experimentando el placer ajeno a través del túnel que conectaba su mirada con su psiquis caliente y excitada. Una sincronía de movimientos y sonidos se adueñaban de la quietud del bosque, un grupo de 3 mujeres y 3 hombres unidos más allá de la piel, hundidos en sus laberintos, liberados al alcanzar la salida por obra y gracia de sus sentidos. El placer y la lujuria eran los dioses a los que se adoraban esa madrugada, los hijos de Adán y Eva habían hallado una nueva variedad del fruto prohibido. La intensidad de los gemidos daba prueba de ello, la curva de ascenso hacia el Monte Sinaí no era para buscar leyes, sino para romperlas, para encontrar el orgasmo en sus diferentes expresiones: "No desearás la mujer de tu grupo para ti solo, no robarás ese cuerpo que pertenece al clan, estos son los mandamientos, esta es mi ley." Un hombre de sombrero yace tirado en el pasto, otro ha tomado su lugar en el rito sagrado, Max está poseído por el placer de la carne, por la esclavitud de los sentidos, entra en la piel empapada de la rubia, sus movimientos son intensos y enajenados, la sostiene con una mano de la cadera y con la otra golpea rítmicamente sus nalgas, aplasta las alas de la mariposa, gime por todos, grita por todos, concentra la energía del grupo en la punta de su miembro que abre el mar para que el pueblo elegido de la lujuria lo atraviese. Las mujeres gimen al unísono, doblegando la resistencia de sus hombres, de sus manos. De pronto la ausencia de sonido, Max voltea desde lo alto de su vuelo para mirarlos por última vez a todos, "Adriana" talla con fuerza debajo de su vestido, el cuello de la dama de rojo choca una y otra vez contra la corteza de su nuevo amigo el árbol, los pantalones de "Armand" yacen en sus tobillos, a un lado en el suelo su sombra entra y sale de la sombra de una mujer inclinada. El hombre calvo usa su mano, ha perdido la elegancia del sombrero y sus ojos están perdidos entre las nalgas de la rubia. "Bruno" calla, ausente, presente, castigado, ¿arrepentido? vuelve el sonido, intenso, violento, placentero, de gritos agónicos, de vahídos sensuales y orgasmos trepidantes que estremecen la tierra que los recibe al volver de su vuelo grupal. Se ha roto hasta el último resquicio de silencio que quedaba en la noche. Sentado en su esquina, con los ojos inciertos, "Bruno" ha recibido su lección, después de esa noche, no volverán a romperse las reglas, no habrá más peleas, los pecados han sido perdonados a través del pecado, la ley grupal se asienta en las piernas de una moral de ojos vendados y tetas al aire.

Max termina su remembranza, su mente se encuentra de vuelta en su departamento, ajustando los botones de una camisa, se encuentra de pie en el tocador, viste unos jeans azules y la camisa es una polo oscura, su pelo peinado y con apariencia húmeda. Se mira en el espejo y le sonríe al hombre que se parece tanto a él y lo observa con una llamarada en la mirada, son los ojos del monstruo que habita en su sangre, los recuerdos lo han despertado de su letargo, es muy pronto para otra dosis de ese placer supremo. Tendrá que conformarse con otro tipo de presa esa noche. Lo sacará a pasear por viejos y conocidos terruños.

La ineludible complicidad de la noche arropa la ciudad, las luces de los autos deambulan como libélulas metálicas de una dirección a otra. En la calle los letreros fluorescentes emiten sus mensajes sin cesar, no existe el descanso para ellos. Los seres nocturnos hacen su aparición en cada esquina, en cada lugar, envueltos en la inercia de sus vidas, tomados de la mano de un destino que no los deja escapar. Las mismas mujeres vendiendo los mismos bienes en la misma esquina. Los mismos establecimientos recibiendo caras diferentes con las mismas necesidades cada noche. Todos buscando algo, sin saber qué, todos esperando aquello que no habrá de llegar. Sólo unos cuantos son los elegidos, a unos pocos se les permite dar la vuelta en el momento preciso y el lugar correcto para enfilar hacia la tierra prometida. Los demás deben cumplir cada noche con su papel, realizar su rutina sin permitirse dudar de la sabiduría de un Dios que les escribe el destino con letra de médico y olvida poner la vigencia de cada dosis de mierda. Ahí va Sarita, hoy lleva el pantalón negro de lentejuelas brillantes en las nalgas que compró en los callejones del centro hace unas semanas. En unos minutos llegará a recogerla Arturo que ha escapado de la tiranía del matrimonio y la rutina del menú bajo las sábanas. La llevará a un motel y por unos cuantos billetes será feliz el resto de la semana y ella tendrá el dinero que necesita para mantener su sentido de equilibrio. En medio de una fila de autos estacionados están Argel y Louis, un par de jovencitos que venden de otro tipo de alegrías artificiales. Al final de la calle una patrulla da la vuelta en el semáforo, el auto oficial trae las luces prendidas, pero sus ocupantes traen la percepción apagada. Vive y deja vivir es el lema en la jungla de asfalto.

Los demonios no duermen de noche, falta una hora para la doce, su hora preferida para salir. En cada piso los pasillos están iluminados por los faroles estilo veneciano, un tanto opacos por el polvo, mandados instalar por la gerencia muchos años atrás. Dos plantas matizadas de un verde artificial, casi eterno, resguardan la puerta del ascensor que espera Max para acceder al estacionamiento subterráneo donde le espera su incansable Jaguar. Las puertas metálicas se abren con su característico ruido mecánico, dándole la bienvenida a una cámara vacía, pero aún con el breve aroma de una pasajera anterior. En cada pared lateral hay un espejo reflejando de manera infinita ambos perfiles de Max, éste lanza un último vistazo a su atuendo en la primera de las imágenes que devuelve el espejo a su derecha. Los jeans y la polo del desayuno han sido sustituidos por un traje negro de corte italiano y rayas grises casi imperceptibles, la camisa es de un tinto tenue, sí, hoy puede darse el lujo de vestir ese color, además combina con el color del monstruo en sus venas. Lo siente agitarse en su interior, el recuerdo de las últimas semanas mantiene su libido activa y hambrienta, sólo que hoy en especial necesita de la tibieza de una mujer normal, que se recueste en su cama y se meta entre sus brazos, mientras él está detrás de ella, desea que ella se quede hasta el amanecer o quizá hasta la mañana para prepararle el café y charlar de las cosas insignificantes que se utilizan para olvidarse de la desnudez y la llegada traicionera del sol. Max enciende un cigarro y camina hacia el cajón donde deja su automóvil todas las noches. En su cabeza ha empezado el playlist mental con sus canciones favoritas. Está listo para ir en pos de la aventura. Su auto se desliza suavemente por el concreto, al pasar por enfrente de la caseta de vigilancia, Max saluda al guardia de la noche, es un hombre de color, con más canas que años y el cual probablemente recuerda mejor que Max la cara de todas las mujeres que lo han visitado desde su mudanza al viejo edificio. Al tocar la calle, decide empezar la noche con un rondín por Ruben's y de ahí ver para donde sopla el aliento del infierno.

El ambiente en Ruben's es el típico de un domingo en las noches, la mitad de las mesas está vacía y la otra mitad apenas está ocupada por uno o dos clientes regulares. Max se arrepiente no bien se planta en el recibidor, sólo a él, se recrimina, se le ocurre que podría encontrar movimiento en el bar en domingo. Está a punto de regresar por la puerta, pero decide tomar un trago para quitarse la sed en lo que hace algunas llamadas. Encima de la barra entre los estantes de botellas multicolores, hay una pantalla plana mostrando las últimas hazañas de un deporte popular. Siempre se ha preguntado por qué en los bares donde es menos probable hallar deportistas siempre hay alguna competición deportiva en las pantallas digitales. ¿Será que los clientes por ver a los deportistas en su hábitat sienten que están haciendo algún tipo de ejercicio distinto del levantamiento de tarro? Enciende otro cigarro y ordena un Vodka Tonic. Le gusta su sabor puro, la dureza de su aroma, la percepción de sentirse un hombre de placeres sofisticados. Él no necesita el gimnasio para mantenerse en forma, no padece esa costumbre de los hombres de su edad de hartarse de cerveza y almacenarla en el abdomen para alguna época lejana de escasez. Max acostumbra comer todo lo sano que su vida de soltero se lo permite, hace ejercicio moderado algunos días a la semana y rara vez cede a la tentación de las golosinas. Es alegre, carismático y sociable, todavía hay muchas mujeres que lo consideran un buen partido, pero desisten de la idea rápidamente al probar el borde helado de sus murallas. Sutilmente deja claro que no está interesado en jugar a la casita y escapa fácilmente de las trampas de la intimidad y de la exclusividad sentimental.

Max se remueve en su banco, en el sonido ambiental suena un cadencioso blues, Etta James con su voz sugerente y felina canta "I Just Want To Make Love To You", con una mano se enciende otro cigarrillo, entre los hilos de humo mira hacia la pantalla en la que ahora aparece un nuevo deporte. Inclina la cabeza hacia su trago que se acerca a la mitad del vaso, llevando la bebida lentamente a sus labios para dar un sorbo directo. Con el sabor del Vodka inundando su boca echa una ojeada a la concurrencia, observa muchos hombres solos, en un diálogo privado con su bebida, como él; las mujeres por el contrario, suelen estar en parejas y grupos, con un ojo a la mesa y otra a las mesas continuas. Busca un rostro en específico, aunque no sabe cuál, ni siquiera se ha dado cuenta que algo es lo que está buscándolo a él. Así de sutil camina la insatisfacción en el inconsciente, se apropia de la mirada, escudriña lo que pasa a su alrededor y hace comparaciones fugaces sobre lo que observa y necesita. El lado consciente de su mente todavía no lo percibe, tardará un tiempo en percatarse del vacío, sólo sabe que quiere dormir acompañado y tener una charla intrascendente antes y después del sexo, fumarse un cigarro y repetir en la madrugada.

Por el extremo opuesto de la barra una figura conocida se aproxima hacia Max, luce en el rostro la sonrisa del que espera y ve su paciencia coronada. Se planta enfrente de él y se ajusta la boina.

— Por fin te apareces, Lobo —le saluda Ricky con un brillo cómplice en la mirada.

— ¡Eh, Ricky! Jamás me olvido de mi segunda casa y su buen gusto musical —responde Max, apuntando un dedo hacia los altavoces en el techo—. ¿Qué tal la noche, viejo amigo?

— Ya sabes cómo son los domingos, aunque me extraña verte por aquí, me alegra que te hayas escapado de tus rehenes. — se ríe Ricky apuntando a su vez hacia el pecho, a la altura del corazón.

— Nada hay de eso, no es el amor el que me ha mantenido ocupado, sino su exquisito placebo— le dice, Max.

— Hablando de eso, me dejaste un encargo y no volviste por la respuesta.

— ¿De cuál encargo hablas? —pregunta Max y en eso recuerda su charla previa con Ricky en la noche que conoció al club del sexo y le preguntó por la mujer que los comandaba.

—Le pedí a Johnny, uno de los chicos de la entrada que

corriera la cinta de seguridad de esa noche y me hiciera llegar algunas imágenes de tu dama de rojo, se las enseñé a mi mujer y el resto es historia: ¡Te tengo su nombre, Lobo —le disparó Ricky a quemarropa.

Kilómetro 13 – La dama de rojo

Los teléfonos sonaban todo el tiempo sin parar, una actividad incesante se sentía en cada esquina de aquella oficina. Una mujer estaba respondiendo con estudiada paciencia una llamada, mientras introducía información a una computadora haciendo volar delicada, pero hábilmente, sus manos sobre el teclado. Sus uñas largas y bien pintadas parecían no ser impedimento para que alcanzara las teclas ni se confundiera en cuáles presionaba. En el cubículo de lado estaba un hombre joven masticando chicle, con ese desagradable hábito para los demás de hacer burbujas y tronarlas dentro de su boca, en la pantalla de su computador había varias gráficas con los colores básicos y cerca del teclado un tarro de café semivacío. Enfrente de ambos apartados una puerta resguardaba una oficina privada y escrito en letras negras estaba el puesto y el verdadero nombre de la dama de rojo. Todos los ocupantes de la hilera de cubículos frente a su oficina estaban a su cargo, durante el día era la responsable del departamento de riesgos de una firma de consultoría para grandes corporativos y de noche era la directora de una hermandad transgresora y secreta.

A esa hora la dama de rojo no estaba en su oficina, estaba encerrada en una sala de juntas con un singular grupo de hombres. Vestía un traje sastre que había robado su color a la arena del mar caribeño y portaba una blusa blanca de olanes que se asomaban por el cuello del saco dándole un aire distinguido y femenino, no había ni rastro de la vampiresa que por las noches hacía un arte del sexo casual. Se expresaba de manera clara y precisa ante sus oyentes. Para ello había llegado desde temprano con un café en la mano y en la otra una carpeta con informes y gráficas que usaría para la reunión en la que ahora exponía. Sabina, con notable habilidad, deslumbraba y cumplía sus expectativas a un grupo de ejecutivos transportados en un avión comercial desde el otro lado del país exclusivamente para conocer su veredicto. La mujer enfrente de aquellos hombres de negocios, caminaba de un lado a otro, esgrimiendo el apuntador laser como si fuera una fusta de cuero digital, los bombardeaba de datos y conclusiones. Pero para sus adentros, sonreía al sentir en la piel un dolorcito sensual, recordaba los azotes que había propinado y recibido en el estacionamiento de la universidad, se excitaba de nuevo y tomaba nuevas fuerzas para derramar su encanto en aquel reducido espacio ante un público cautivado por su aura magnética.

La reunión terminó una hora después, pero no la ola de recuerdos en retrospectiva, a solas en su oficina, Sabina se remontó a los tiempos antes del Club de sexo, antes de vestirse de rojo y desvestirse los límites. Se miró de nuevo a sí misma, más joven e inocente, en aquellos años en los que el dinero y el trabajo fluían en sentido opuesto a la satisfacción sexual. Sabina había estado saltando de una relación sentimental a otra, buscando mantener a flote un barco sexual que sólo navegaba con buen viento las primeras semanas de encuentros apasionados y se hundía sin remedio en el mar de la monotonía en cuanto conocía mejor a sus parejas.

Aquella noche de primavera, antes del nacimiento de su hermandad del sexo, Sabina estaba sentada bebiendo una copa en compañía de sus amigas en unos de los tantos bares que estaban en boga en la ciudad por su ambiente moderno y estrambótico. Ignoraba que esa noche su vida cambiaría, tal como ella había cambiado la vida de Max tiempo después en Ruben's. Las luces en el bar eran tenues. En las paredes colgaban litografías en blanco y negro de cantantes e iconos de la cultura americana; Marilyn Monroe, James Dean y Jim Morrison entre otros servían de escenografía para que el Reggae, el Rock clásico y otros ritmos más modernos hicieran turnos para sonar en los altavoces y crear una atmosfera mezcla retro y siglo XXI. Las mesas eran una delicada combinación de metal y madera oscura, en la parte de arriba colgaban unas lámparas de luz suave que caía en el centro y se expandía como la marea para acariciar las bebidas y dar un toque de complicidad a los trasnochadores. Sabina y sus amigas habían llegado alrededor de las nueve y para antes de la medianoche ya habían consumido dos o tres rondas y habían vaciado una cajetilla completa de cigarros mentolados y alargados, de esos que fueron especialmente diseñados para aquellas charlas sin fin entre mujeres. Algunas de las bebidas habían sido cortesía de los pretendientes en la periferia, galanes deseosos de ganarse unos puntos con alguna de las mujeres del grupo. Hombres jóvenes, bien vestidos y de no mal ver, que se gastaban su dinero a manos llenas con tal de tener la oportunidad de atraer a sus presas. Sabina y sus amigas conocían el ritual, se aceptaban las bebidas sin ningún compromiso de por medio, si alguno de ellos resultaba privilegiado por una de las presentes, debían irse a otra mesa o a la barra a flirtear y conocerse en completa intimidad. En la barra del bar había muchas parejas en esa situación, cuya charla se difuminaba con el sonido alto de la música ambiental. El alcohol corría a mares por todos los rincones, alterando las conciencias y limando los prejuicios. Sabina había recorrido todos los rostros sin dar con nada que le hiciera olvidar la frustración de su última relación, terminada un mes antes, un círculo vicioso que le había costado mucho trabajo romper.

Decir que fue amor a primera vista sería una equivocación, lo que le llamó la atención a Sabina sobre aquel semental de hombros anchos, nariz recta y sonrisa cretina fue el intenso magnetismo sexual que irradiaba, vestía totalmente de negro, su piel era blanca como vampiro y tomaba Whisky en las rocas con otros dos tipos de características similares, todos vestidos de negro y como copias ligeramente inferiores al original, al líder indiscutible del grupo. El cretino poseía el semblante de un león, soberbio e indiferente hasta la dureza.

De ojos fríos, Los movimientos de sus manos hablaban, eran elegantes y seguros. Cuando la vio por primera vez de manera casual le lanzó una de esas miradas que traspasan la ropa hasta llegar al alma. Sabina sintió un extraño cosquilleo enredándosele por debajo del vientre. Observándolo con más detenimiento de lo normal en una chica en su posición, pudo admirar unas cejas negras y pobladas, un mentón de tipo duro, con puro músculo debajo de la camisa negra y el pantalón entallados, no era un Dandy ni un producto de gimnasio, aquel sensual espécimen era tan natural como las rocas en el cañón del colorado, con una mirada más profunda que la caída del Everest, forjado hasta el último centímetro en las profundidades del infierno.

Le gustó que fumara puro, como hombre importante, pero sin la pose forzada que observaba en los jóvenes que trataban de impresionar con el habano entre los dedos. Sus labios eran delgados, finos, le daban un toque perverso o de crueldad infinita, pero sus manos eran amplias, como su pecho, y daban la impresión de ser cálidas y sabias. Sabina supo que ese hombre tenía que ser suyo y que ella quería ser suya en todas las formas sucias de pegar un cuerpo con el otro.

Con sus treinta años apenas pasados, su cuerpo era un banquete a la vista de cualquier hombre, se sabía bella, sensual y atractiva, sus senos eran amplios y turgentes, su figura esbelta y sus piernas largas y bien torneadas. Su rostro era de gitana, piel morena clara y cabellera negra de enredadera, con ojos de pantera al acecho y labios contrastantes entre sí, el labio inferior era grueso y el superior una línea mediana que Sabina sabía aprovechar con el artificio del labial. Gustaba de vestir blusas escotadas para atraer como moscas las miradas masculinas hacia la rendija entre sus pechos.

Sacaba provecho de su altura para filtrar a los candidatos entre los que la alcanzaban con tacones y los que sólo podían tenerla en sus sueños. Era de temperamento fogoso, de humor ligero y manejado con bisturí para nunca perder la compostura ni la clase. Poseía una mente tan inteligente como sensual, debajo de su ropa la fina lencería no dejaba lugar a dudas que disfrutaba su feminidad y sabía sacarle provecho a todos sus atractivos. Todos esos atributos le daban la seguridad que esa noche aquel tipo duro iba a probarlo entre sus piernas.

Un mesero veterano, con tantas canas en el pelo, como horas de vuelo nocturno llegó con una nueva ronda a la mesa de Sabina y sus amigas, alguien probaba suerte con el conocido rito de las bebidas gratis. Las chicas trataron en vano de sonsacarle el nombre del pretendiente, pero no hubo manera de arrancarle el secreto, ni siquiera provocándole sonrojos o coqueteándole abiertamente para doblegarlo. Un billete de los grandes en el fondo de su bolsillo había sellado sus labios, como si fuera un confesor de pueblo, pues si algo había aprendido en sus años atendiendo mesas era que aquellas propinas nunca llegaban huérfanas. Sabina tuvo la corazonada sobre el misterioso mecenas de aquellas bebidas, pero por alguna razón que ni ella pudo explicarse, se lo reservó para ella sola. Probó su bebida y cerró los ojos imaginando que eran sus labios de navaja suiza los que mojaban su boca carmesí. Al abrirlos, miró hacia la mesa del hombre misterioso, sus ojos estaban clavados en ella y le hablaban a sus entrañas en un diálogo sucio y privado. Con la copa aún en su mano le hizo un brindis imperceptible para cualquiera, menos para él que correspondió con una ligera inclinación de cabeza.

El ruido ambiental estaba al máximo, una cacofonía de voces, murmullos, risas y sonidos residuales saturaban el aire del bar. Las mujeres eran cada vez más hermosas y los hombres más simpáticos y menos feos. Dos amigas de Sabina se habían ido a buscar lugar en la barra en compañía de un par de corredores de bolsa, al menos eso parecían, en la mesa quedaban sólo cuatro mujeres.

Sabina sintió que necesitaba respirar aire fresco y se levantó para ir a la terraza del bar a buscar un espacio en la baranda para fumarse un cigarrillo y por supuesto, crear una oportunidad para que se le acercara el demonio de labios finos.

La terraza del bar tenía de todo, menos silencio, además no había una sola persona que no estuviera echando humo por la boca o la nariz. Afortunadamente, el viento llegaba a ráfagas y se llevaba las nubes que continuamente se formaban en el techo semi-abierto de esa parte del bar. A esas horas nadie reparaba en los demás y cada quien estaba enfrascado en su propia cacería. Sabina estaba de espaldas, recargada en la baldosa de concreto con vista a la calle.

Con sus ojos gitanos miraba las puertas de los demás bares con filas de seres nocturnos esperando su turno para entrar, los guardias eran todos especímenes de la misma hechura, voluminosos e imperturbables. En su papel de guardianes del cielo en este caso de las puertas de una Sodoma soft. El tránsito de coches era escaso, para la mayoría de los que visitaban esa parte de la ciudad era más cómodo acceder a ella en taxi, en las calles era común ver grupos de hombres y mujeres caminando en uno u otro sentido de la acera como hormigas al final de la jornada.

Más que escucharlo acercarse por detrás lo percibió en los delicados vellos de la nuca y lo sintió colándose por los poros de su nariz para revolverle las entrañas con su mezcla de hombre y perfume duro. El arsenal de mañas femenino tiene siglos de probada efectividad, como para olvidar que a los hombres les place cazar presas aparentemente solas. Sabina esperaba que se situara en alguno de sus extremos y abriera alguna charla circunstancial, pero el tipo era un cretino muy seguro de sí mismo. Con sus manos grandes la tomó del talle, acercó su aliento cálido a su oreja y le dijo al oído, con una voz tormentosa como el vicio al que la atraería sin remedio a partir de ese momento.

— Me encanta que hayas sabido donde buscarme —dijo el hombre a un centímetro de su pendiente de oro.

— Sabía que un cazador experimentado como tú, no desperdiciaría esta oportunidad —respondió Sabina, sin voltear la mirada, disfrutando la sensación de sentirse contenida entre sus manos.

—Me llamo...

—¡Shhh! —la interrumpió con suavidad el hombre— No me interesa saberlo.

A continuación besó su cuello sin pedir permiso, los hombres como él, pensó ella, no piden permiso, sólo pagan las consecuencias. Pegó su boca como trópico a la piel por debajo de la oreja de Sabina en un beso largo, caliente y húmedo, que trasladó todas esas sensaciones hacia abajo de su lencería fina. Así deben besar los vampiros, pensó ella, perdiéndose en el placer de aquel beso. Sus dientes recorrían su cuello y su nuca, a ratos lamía leve o mordisqueaba hasta toparse con los huesitos de los hombros. En unos instantes había nacido un río en donde antes había sólo rocío. La abrazó suavemente por la cintura, ondulando sus cuerpos, lo sentía pegado a sus nalgas, imponente y absoluto, así como cuando la lengua detecta un objeto extraño dentro de la boca y no puede evitar moverse para tocarlo, para reconocerlo, para declararlo aliado o enemigo, así se movían sus caderas sobre aquel intruso.

Con un descaro increíble, el desconocido le deslizó la mano con la que llevaba el ritmo de sus cuerpos desde su ombligo hacia abajo, más y más abajo. ¡Maldito seas! pensó para sus adentros, no soy una puta ni una ofrecida, que se cree que... se inundó al sentir sus dedos rozando los vellos del pubis intentó débilmente romper el hechizo, pero las navajas de sus labios cortaban cualquier intento de defensa, mordisqueaba y chupaba su oreja con la habilidad que un halcón juega con un ratón entre sus garras.

Sabina sentía que decenas de miradas estarían disfrutando con morbo el espectáculo, que sus amigas no tardarían en venir en su auxilio a separarla de aquel demonio con aroma a Mont Blanc y testosterona, pero si alguien a su alrededor reparaba en ellos por un segundo, su mirada indolente se topaba sólo una pareja a la orilla de la terraza, bailando y admirando las luces de la ciudad, en un abrazo aparentemente romántico y tierno. La música, las charlas y los ruidos ambientales se mezclaban de tal manera que para escucharse unos a otros tenían que estar a unos cuantos centímetros. Aquella saturación de sonidos impedía que los jadeos de Sabina se escucharan, aunque ella sentía que serían capaces de despertar a un muerto, pero sólo el hombre detrás de ella podía captarlos y usarlos para sus irreverentes propósitos.

Sabina mantenía los ojos cerrados por miedo que al abrirlos se encontraran con un guardia dispuesto a sacarlos del bar, cuando unos dedos gruesos y rugosos se posaron sobre su centro, tallándolo, azuzándolo y violándolo a la vista de todos, ante la inevitable rendición de su dueña.

Aquellos dedos estaban calientes, pero no tanto como el aire confinado al que se enfrentaban, aquel barco de piel se encaminaba entre olas cada vez más violentas al corazón de una tormenta. Los intrusos hurgaban, acariciaban y penetraban sin misericordia, sin el menor atisbo de pena y con la aparente determinación de no parar hasta desgarrarla por dentro en una agónica muerte pequeña. Sus piernas la sostenían apenas, de no ser por sus manos que se aferraban a la baranda, sus rodillas se habrían doblado llenándola de vergüenza.

El pecho del desconocido la detenía, lo sentía amplio y seguro, un lugar donde refugiarse ante cualquier tempestad, incluso las provocadas por él mismo. Sabina respiraba su aroma a hombre, su aliento tibio y hasta el olor de su deseo trenzado con el suyo. Sus dedos la usaban, la abrían, la clavaban, sin pausa, con ritmo lento y acompasado.

Envuelta en un torbellino de sensaciones, la adrenalina hacía tumbos por todo su ser, tratando de ganarle la carrera a la excitación que la recorría de pies a cabeza, que se concentraba entre sus labios mojados e hinchados por el martirio infligido, quería que aquel increíble placer no terminara jamás, que se demorara todo lo que su cuerpo lo pudiera resistir y a la vez quería escapar de ahí, correr con aquel desconocido a estrellarse contra una pared en donde pudiera separar sus piernas y darle la más ardiente de las bienvenidas a su carne brava y salvaje. La boca del animal, de aquel demonio de perversión e irreverencia, se separó de su cuello para susurrarle algo.

—Estacionamiento subterráneo, en 20 minutos— le dijo al oído, al tiempo que rompía el contacto íntimo y se separaba de ella, alejándose sin volver la vista atrás.

Sabina dejó de percibir la presencia del cretino, sintió cómo su aura sexual y magnética se diluía al paso de los instantes, dejando sólo su aroma, enroscado en su cuello, donde unos minutos antes estaban sus labios chupando y besando. Respiró hondo, todavía temerosa de voltearse y enfrentarse a las miradas curiosas. Con una mano alisó la tela de su ropa, como si pudiera plancharla y ocultar las pruebas de su desvergonzado encuentro, sonrío mustia y sintió de nuevo la conocida marea líquida alcanzando sus bragas. ¡Dios! Pensó, qué placer tan inmenso, tan despiadado e inolvidable.

Quiero más de esta agonía, lo quiero todo, se reconoció a sí misma, aquí otra vez, o allá, ¿en dónde dijo? Oh sí, el estacionamiento y se estremeció de excitación otra vez. Se armó de valor para volver la vista y enfrentar el juicio de la concurrencia. No le importaba ya, estaba preparada para enfrentar lo que fuera.

En la terraza, una pareja intercambiaba números de teléfonos de silla a silla, los vasos casi vacíos evidenciaban que para ellos la velada había terminado y cada quien tomaría su propio rumbo, al menos aquella noche. Un grupo de mujeres sin pareja bailaba entre sí a la orilla de su mesa, todas ellas alegres y con la mirada extraviada, cantando a gritos desaforados y saltando desinhibidas con sus manos al aire, al compás de melodía. Un grupo de hombres arreglaba el mundo, con la botella de cerveza en una mano y en la otra el infaltable cigarro. Se quitaban la palabra unos a otros cuando la discusión agudizaba o esperaban en actitud de respeto a que el orador terminara de escupir sus argumentos, antes de reclamar la voz para sí mismos. Otra pareja se comía a besos contra una pared, al lado de una maceta. La pobre planta trabajaba turno extra filtrando el aire y soportando la vejación a su tierra por las colillas del mismo veneno que purificaba para aquellos que la veían como un ancho cenicero natural en el que dejaban encajadas las sobras de su contrato de muerte. Nadie volteó hacia la mujer que abandonaba la terraza con paso decidido, el ruido de sus tacones jamás existió en aquel ambiente; se lo tragaron las baldosas percudidas de pisadas y manchas de tierra remojada en residuos de alcohol, aquel piso fue el único testigo del taconeo de una nueva y peligrosa Sabina que se alejaba del mundo tal como hasta ahora lo había conocido rumbo a una tierra adictiva y excitante.

KILÓMETRO 13 – LA SONRISA ETERNA

Soplaba un viento fresco aquella noche en que Max salió de Ruben's con el nombre de la dama de rojo en la bolsa izquierda de la camisa quemándole el pecho. Una vez más estaba a solas enfrente de la puerta de su Jaguar, con un cigarro en la mano y un enjambre de pensamientos revoloteando en su mente. Esa noche, Ricky, el encargado del bar le había hecho un regalo muy especial, aunque por ahora no supiera qué hacer con la información garabateada en aquel pedazo de papel manoseado. Unas semanas atrás se había hecho jirones la cabeza tratando de adivinar quién era aquella obsesión vestida de rojo que había sacudido su precario equilibrio y lo había empujado cuesta abajo en una pendiente de placer y aventura.

Cuál era su verdadero nombre, a qué se dedicaba de día, si llevaba una vida normal, si estaba casada con algún carcamán que le daba un cheque en blanco de libertad o se lo extendía ella sola, para llevar una vida secreta de sexo y lujuria sin límites, si aún creería en el amor o éste se había convertido en un viaje interminable de amores anónimos y pasajeros.

Aquella obsesión no obedecía a las leyes del amor, estaba sujeta a una ley más primitiva, más salvaje, la ley de la posesión, de la marca en la carne, del chorro de semen que quema y cala en la piel de una mujer para convertirla para siempre en una extensión suya. No podía pensar en los términos de los enamorados sobre lo que quería saber de Sabina, —daba por descontado que ese era su nombre—, lo que necesitaba conocer eran sus orígenes, quién y cuándo le había impuesto la marca del monstruo en la sangre y la había reclutado en las filas del ejército de los que pelean por la libertad de la carne y abrazan el triunfo del placer sobre la moral.

Max se había preguntado además, quiénes eran aquellos aliados que semana tras semana se daban cita en los más inesperados lugares al aire libre para participar en aquellas guerrillas de la piel. Las reglas no estaban escritas, nadie le entregó a su ingreso un manual de comportamiento, todo lo que sabía, lo había aprendido sobre la marcha, observando, callando y reteniendo en la memoria cada detalle sutil, cada código secreto transmitido a él u otro miembro de la secreta hermandad. Sabía por ejemplo que faltar a una cita era el trámite más corto para rescindir la membresía, aquel que faltaba a una cita perdía la oportunidad de conocer el siguiente punto de reunión y sin esa referencia, automáticamente quedaba excluido del club. Rota la cadena de contacto y sin el eslabón faltante, el ausente era remplazado por la dama de rojo o por una invitación especial de alguno de los miembros más antiguos, así es como lo habían reclutado a él aquella noche en Ruben's, indirectamente beneficiado por una ausencia y reclutado por el ojo caprichoso de Sabina.

Por otro lado, Max intuía que la dama de rojo debía tener alguna manera de contactarlos a todos, pero hasta ahora la ignoraba, jamás le había preguntado su nombre o número de móvil. Sin embargo, "Charly", el pelón que le había jugado la broma en la escapada al bosque de los castigos, había faltado a una cita y había vuelto a aparecer a la siguiente semana sin confusión aparente sobre el punto de reunión. Quizá era un privilegio que se ganaba con la antigüedad. Había escuchado a "Bruno" comentándole sobre lo bueno de su regreso, pues las lunas de octubre estaban por empezar y se las habría perdido. A Max le intrigó el término, "Las lunas de octubre", ¿a qué se referían aquellos dos?, ¿qué pasaba bajo la majestuosa luna de octubre?, pero no se atrevió a preguntar. ¿Acaso se celebraba algún evento anual distinto a todo lo que hasta ahora conocía?, ¿cambiaría en algo la rutina semanal? —Si es que se le podía llamar rutina a aquel ritual de protagonizar candentes entregas en los lugares más insospechados—. Una semana podían verse a la orilla de la carretera y la siguiente cita estaban trenzados en el estacionamiento desierto de alguna universidad, a veces era dentro de los coches y otras veces al aire libre, en una ocasión había sido un callejón en medio de la ciudad y en otra, un estacionamiento subterráneo de un bar popular. Sabía que el grupo estaba conformado por siete miembros regulares y constantes, pero había invitados especiales que sólo aparecían una vez para que nunca más se supiera de ellos. No había predilección en el género, aunque había notado que las mujeres solían traer hombres como invitados y los hombres del grupo, traían mujeres, putitas que levantaban en algún cogedero o amantes ocasionales, pero que jamás repetían, servían sólo como una distracción momentánea, un escape a la rutina de las mismas caras. Para Max resultaba asombroso ver como todos, invitados y miembros se adherían a un código de comportamiento no escrito, pero rápidamente intuido. Se hablaba poco y se silenciaba de manera determinante a quienes trataban de expresarse con palabras o de comunicarse más allá de lo estrictamente necesario. El cuerpo no necesita del lenguaje para comunicarse con otro cuerpo, le basta y le sobran cada una de sus partes para contactar a otro y hacerle saber lo que quiere. Sólo se necesita una mano rozando un valle, un gemido al sentir ese roce; un ofrecimiento delicado al mover la cadera, una mano intuitiva aceptando el regalo, una mirada cómplice haciendo ardiente contacto con la otra, una pared siendo testigo de dos sombras aparejándose entre ellas; y cuando eran necesarias las palabras, los monosílabos y las frases cortas entraban en acción. Un No rotundo, un gemido convertido en una cascada de demandas inconfundibles: "Más, duro, así, Dios, maldito, puta, cabrón y no pares". La dama de rojo comandaba al grupo en forma monárquica, daba las órdenes y se acataban sin respingar. Era asombroso su don de mando sobre el tanque salvaje de "Bruno" que con una de sus manos podía reducir a polvo a cualquiera y ante su reina agachaba tácito la cabeza, tanto así de increíble cómo aquellas sensuales mujeres que se plegaban ante la voz de otra mujer con una sumisión de leonas cautivas.

Las ventanillas del coche de Max empezaron a descender simultáneamente, escapando de inmediato el humo que se hallaba prisionero en el interior y en los pulmones del hombre que estaba girando la llave de arranque. Unos cuantos Vodkas se revolvieron en su estómago al arrancar con rumbo a otro de sus refugios predilectos. Resuelto a olvidarse del club, de la dama y de aquellos amores violentos y volátiles, buscaba una aventura normal, en donde conociera a una chica, coquetearan un rato y de común acuerdo se fueran a su departamento a tomar un trago y acallar la charla con besos desesperados. El viejo ritual del que había querido escapar por predecible y aburrido, el conocido camino que ahora anhelaba para sentirse un hombre normal de nuevo, con los deseos comunes de su género de un poco de sexo, cariño y atención. Otro tanto de risa, charla y complicidad en las miradas.

En pocos minutos arribó a las afueras del Latitud 40°, un bar famoso en la ciudad por su capacidad para reunir todas las preferencias sexuales bajo un mismo techo, ni la más influyente de las iglesias podía vanagloriarse de un surtido humano tan variado y selecto a la vez. En la escalera de ascenso hacia la entrada estaban dos guardias que denotaban la simbiosis del lugar. El de la izquierda era un negro formidable, con los brazos tatuados y totalmente vestido de oscuro. El de la derecha era un albino, impecablemente vestido de blanco y con una actitud tan de pocos amigos como su pareja de trabajo. Ambos saludaron con una sonrisa y palabras de bienvenida a Max cuando éste se despidió sin mirar atrás de su Jaguar, que en aquel instante era llevado hacia el estacionamiento por un acomodador. Sin problemas franqueó las puertas de cristal, sin voltear tampoco hacia el cuadro heterogéneo de seres que hacían fila desde quién sabe cuándo por una oportunidad para entrar al Bar de la exclusividad y la oportunidad sexual.

La atmósfera en el interior era tal como la recordaba, con la música sonando fuerte desde unas bocinas colgadas en lugares estratégicos para crear un sonido envolvente y discordante en el que todo mundo gozara de la intimidad que brindan la intersección de ritmos en alto volumen y la gran aportación de sonidos ambientales de todos los presentes. La iluminación era poca en ese momento, probablemente por la hora, pasaban las dos de la mañana, aunque parecía que para todos los ahí reunidos, la noche apenas empezaba. A Max le había gustado siempre esa extraña sensación de sentirse en casa en una réplica moderna de Sodoma y Gomorra. Por doquier se observaban parejas comiéndose al modo francés. Hombres bigotones con muchachitos lampiños, mujeres treintonas de tetas grandes con muchachitas con cuerpo de escoba y tetas de tenistas. Hombres como él mismo, con mujeres que igual andaban en los veinte que arañando los treinta o los cuarenta. Estaban las exitosas que parecían sacadas del interior de revistas feministas, acompañadas de su pareja femenina que, o era del mismo molde o todo lo contrario. Estaban los grupos de ejecutivos jóvenes, reunidos en manada, olfateando en busca de una presa fácil. En varias mesas había grupos de mujeres que hacían lo mismo, bebían, charlaban, gritaban y disfrutaban, algunas buscaban parejas de su mismo sexo, otras del sexo opuesto, otras no buscaban nada, sólo estaban ahí para matar el tiempo y las neuronas con tabaco y alcohol. Max se sentó en la barra a beber un trago y pasar el rato estudiando el terreno. Ahí, entre todas esas caras maquilladas y de cabelleras multicolores estaba escondida su futura compañía para esa madrugada.

La principal virtud de los cazadores es la paciencia, el cultivo sistemático de esperar sin desesperarse, quien está aguardando agazapado en la oscuridad no puede darse el lujo de desperdiciar quizá su única oportunidad en un movimiento brusco o en un blanco mal medido. Con una mirada casi paternal observaba a los participantes más recientes de ese juego, cómo se lanzaban impulsivamente tras la primera mujer que les llenaba el ojo, sin tomarse antes la molestia de estudiarla un poco, saber si estaba interesada en el mercado masculino, el femenino o en ninguno. Si estaba acompañada por su pareja, si esperaba a alguien o estaba comprometida y por azares del destino ese día estaba lejos de su galán, si el grupo de amigas con la que estaba acompañada le permitiría abandonar la mesa o en el peor de los casos, traer a un extraño de invitado. Podían tratarse de aeromozas, artistas liberales, estilistas, diseñadoras de moda, trabajadoras administrativas, maestras, traductoras, chefs, enfermeras e incluso hijas de papá y mamá, la gran virtud del "Latitud 40" era la enorme selección del vasto catálogo que ofrece la decadencia humana. El nivel económico y cultural resultaba importante para entablar una conquista de igual a igual, las mujeres son expertas en el manejo de una mirada para decidir si un hombre les llama la atención o son del todo execrables, pero son magnánimas con aquellos que saben ganarse su atención con una charla ingeniosa y divertida o con la gracia de la espontaneidad. En todo caso, Max no se consideraba experto en mujeres, se consideraba experto en detectar aquellas que tenían potencial de elegirlo como promesa de alcoba o algo más. No era un cazador en busca de cualquier presa, buscaba una muy específica, aquella que en su código genético, emocional y sexual sentía predilección por los hombres como él. En su experiencia, usar ese método facilitaba en gran medida cualquier conquista, pues de antemano ya tenía en la bolsa la aceptación de su estereotipo, y la mejor noticia era que la victima ignorara por completo esta circunstancia, lo que le permitía invertir los papeles de aquella cacería/cortejo. Si bien sabía que la mujer cree que ella escoge, él estaba seguro, de antemano, que de manera sería el elegido. El cazador tendía su trampa como el más perfecto acto de ilusionismo, la presa se consideraba a sí misma la cazadora y entraba por su propio pie dentro de la jaula del encanto de su depredador secreto.

Max estaba sentado no muy lejos de la barra, tal como era su costumbre en todos los lugares a los que solía asistir, para dominar con la vista las mejores áreas. Su mesa estaba cubierta con un mantel blanco que casi rascaba el piso, en el medio había una estructura de metal con un cartelón de diseño modernista que anunciaba las especiales del bar y la cocina. Al lado derecho estaba su cajetilla de cigarrillos a medio consumo, un mechero plateado, regalo de un cumpleaños atrás y una bebida recién servida. Un mesero estaba siempre atento, por raro que pareciera en aquel hormiguero de gente, para reponerle su bebida, probablemente era un mesero con buena memoria sobre los clientes especiales y sabía que eran los que aportaban el generoso extra en sus propinas.

La detectó cuarenta y cinco minutos después de ordenar su primer adorado Vodka Tonic, después de un largo proceso de atrapar y escudriñar cientos de miradas relámpago de todas las mujeres en su radar de 260 grados. Lo primero que llamó su atención fue su sonrisa, era amplia y acariciante como la caída del sol en la playa y constante como el vuelo de un colibrí. Tenía unos labios frugales, de un rosa marcado, de esos que se desean para llevarse a una isla perdida, de esos por los que se empeña el alma al Diablo. Pocos recuerdan dónde perdieron la razón, en cambio Max, recordaría por mucho tiempo aquella sonrisa.

Le buscó la mirada con la calma felina que le caracterizaba, pero con un nerviosismo y desesperación desconocidos en él, que se delataban en las constantes chupadas a su cigarro y los pequeños sorbos recurrentes a la bebida. Él mismo fue el primero en sorprenderse en la forma que todo a su alrededor desapareció, sentía mariposas en el cerebro y dragones en la sangre. La figura de aquella ninfa era espigada, su cabello largo y oscuro remarcaba una blancura de ángel, de luna llena y de inocencia inmaculada. Sentía en la piel el despertar del monstruo, al que le importaba una mierda la estrategia y los estereotipos, cuando el monstruo deseaba a una mujer no había razonamiento humano que lo pusiera a dormir de nuevo. No todas las pasiones conducen al amor, hay algunas que sólo llevan a la perdición. El monstruo sólo conoce los caminos al infierno y arrastra con él a su dueño y a quien se interponga entre él y su objetivo. La quería esa noche o a cualquier otra a merced de sus instintos, bajo el calor de sus manos y entre el filo de sus dientes. Todo crimen de posesión inicia por la fantasía y sólo el deseo genuino mata por volverse realidad. Casi en un trance, Max sintió que su consciencia abandonaba su cuerpo y lo dejaba a merced de sus deseos asesinos, habría matado literalmente por poseer aquella hermosa criatura, por recorrerla palmo a palmo con manos, labios y dientes. La deseó con dolor, como no había deseado a ninguna mujer en mucho tiempo, sin conocerla, sin saber su nombre, el sonido de su voz, el color de sus ojos o el interior de su sonrisa. A aquella distancia era más fantasía que realidad, estaba envuelta en la burbuja de lo lejano, lo ajeno y lo prohibido. Por la experiencia de Max, era imposible que aquella beldad estuviera solitaria, las mujeres como ella tenían un mundo de hombres a sus pies, fue así que sintió el aguijón de los celos, de la pesadumbre, el sabor anticipado de la derrota que aqueja al cazador ante una presa inalcanzable. Así son las mujeres de peligrosas para trastocar la vida de un hombre, lo hacen en segundos y a la distancia como francotiradores profesionales, sin saber siquiera el alcance y el poder de sus balas. No era sólo que fuera bella, en aquel lugar abundaban las bellezas y las promesas de sexo fácil, había en aquella mujer de larga cabellera una mezcla de discreta ternura y violenta sensualidad, como si apenas empezara a atisbar en el conocimiento de lo profano, en la fragancia primitiva del sexo, en el deambular desvergonzado de los deseos escondidos y malsanos. La lengua que descubre por primera vez que sirve para algo más que hablar, que sus movimientos silenciosos son más incisivos que la palabra correcta en el momento preciso, que se entera que los silencios son para romperse con la punta de la lengua en el punto de quiebre de la piel y que percibe un placer extraño en hacer de su boca un infierno para la piel palpitante que logra entrar en ella. Había en la esquina de su mirada, esa reconciliación que pocas mujeres alcanzan a su edad hacia el libre ejercicio del placer carnal sin culpas. Una puta en ciernes, una virgen de los sentidos aún sin corromper del todo, pero dispuesta a cruzar cualquier frontera, unas alas apuntando a un nuevo cielo, todavía esperando el incentivo ideal para levantar el vuelo.

Pero el despertar de las fantasías es más inoportuno cuando se está a unos cuantos metros del objeto del deseo. En la mesa en la que Max tenía clavados los ojos había nuevas piezas del rompecabezas, al oído de aquella linda cabellera estaba un hombre vestido de negro, con labios delgados como la línea que divide el placer del pecado, se encontraba hablándole en susurros y ella sonreía con esa sonrisa cómplice que uno reserva para los pensamientos en donde estorban la moral y la ropa. Max habría cedido la lealtad a cualquiera de sus vicios por saber qué le estaba diciendo aquel hombre, quién putas era en su vida y a dónde se la estaba llevando. Hombre y mujer abandonaron el Latitud 40°, el individuo arrojó unos billetes sobre la mesa a la par que le ayudaba a ella a ajustarse una chamarra diminuta que apenas le llegaba donde se curvan las costillas hacia arriba, la incomprensible moda y vanidad femenina, meditó Max distraídamente en segundo plano, ya que no se perdía un detalle de la escena y en congoja inusitada la despedía con la mirada a ella, la ninfa de la de sonrisa eterna.

El deseo es un caníbal que nos consume por dentro si no ponemos nuestra piel al alcance de quien deseamos. Aquella noche quedaría enjaulada en su memoria para morderle las entrañas cada vez que la recordara en el futuro. Probablemente había habido otras mujeres a las que deseara en secreto como a ésta de la sonrisa ingrávida, pero si en este momento se lo preguntaran, Max sólo se acordaría de ella. El sabor duro y helado del Vodka se deslizó por su garganta intentando congelar sus inexplicables celos, un montón de colillas se apilaban en el cenicero, esperando la vuelta segura del mesero, que sin importar cuán recurrente era en sus atenciones, no conseguía burlarle el tiempo a Max lo suficiente para librarlo de un cenicero de humo constante y moribundo. Con violencia medida apagó el último cigarro dedicado a aquella sorpresiva obsesión, había llegado en busca de compañía y no se iría sin ella de ahí. Levantó su vaso para responder a lo lejos un brindis enviado con una mirada por una mujer cercana a los treinta, miró su cara y le bastó un segundo para decidir que ella era la presa que estaba esperando aquella noche. Max se levantó de la mesa, dispuesto a dejar caer la trampa encima de ella y llevarla a su departamento como un trofeo para disfrutar en la cama.

**

Las luces traseras de los coches en sentido contrario se

perdían velozmente en la oscuridad del espejo retrovisor de un Jaguar plateado que transitaba por una avenida poco concurrida de aquella ciudad. Se convertían rápidamente en la lejanía en puntos rojos brillantes, oscilantes y fugaces. Max los miraba de reojo, el veinte por ciento de su atención estaba en el volante, el resto de su cerebro estaba dedicado a procesar las intensas descargas de placer que sacudían su miembro, se extendían por todo su cuerpo y se difuminaban en sus extremidades hasta desaparecer por completo como aquellas luces rojas en el retrovisor del coche. "Lo mejor que puede hacer con su boca una mujer es hacernos olvidar que es una boca la que nos engulle", reflexionaba Max, mientras limitaba la velocidad del desplazamiento del coche; lo último que deseaba en el mundo era que un policía interrumpiera su entrevista con aquel geiser anónimo. La cabellera castaño oscuro de su acompañante resbalaba por la curva sur del volante, su boca era generosa y ahí donde se agotaba el túnel húmedo, la mano entraba al rescate. En el estéreo se escuchaban los acordes enajenados de la guitarra eléctrica en "Seek and destroy", Max creía que en la vida sexual de todo hombre hay un "Playlist" que define su personalidad en la cama y que éste que se reproduce en su cabeza sin importar si está dormido, despierto o dentro de una mujer, y él no era la excepción, por ello la guitarra metalera se sumaba a la corriente de adrenalina en sus venas.

En el reducto de aquel coche, un hombre como cualquier otro estaba a merced de una mujer que hacía honor como ninguna otra a la confianza entregada con el abrigo constante de su boca sobre su piel desnuda. La música podría esconder los gemidos del hombre y desaparecer por completo el chacoteo de la carne ensalivada al entrar y salir, pero la mujer percibía sus jadeos a través de la vibración sensual de unos muslos musculosos y rígidos en los que reposaba su pecho, sentía en su boca el palpitar de una carne rabiosa y la casi temerosa ternura de una mano de vellos morenos que descansaba en su cuello, acompañando el sube y baja de su cabeza, sin hacer presión, sólo intentando dosificar la intensidad de sus caricias, como un soldado en guardia, alerta a la menor señal de peligro. En el rojo providencial de un semáforo Max dejó caer sus párpados, abandonándose por completo a la sensación de aquel capullo envolviendo su orgullosa plenitud de hombre, nada era más importante en ese momento que palpitarle dentro, no había mejor melodía que el retumbar de sus latidos contra aquellas paredes húmedas y aquel desfiladero rugoso y nervioso llamado lengua. Sentía crecer su carne rebelándose en contra y a favor de la caliente opresión, se impulsaba al encuentro de esos labios en forma de anillo de fuego y les rendía tributo en gemidos quedos para que no dejaran de prodigarle sus maravillosas caricias en cada asfixiante retirada.

El cliché de un claxon vino a darle punto final a la reflexión de Max,

— De todos mis vicios, mujer, hay tres a los que espero nunca renunciar: estar en tu boca, que estés en mi boca y estar dentro de ti.

Las ruedas del Jaguar se movieron con la misma velocidad que un condenado a muerte hacia su ejecución, si hubiese sido por el conductor, se habrían quedado aparcados ante los cambios de luz de aquel semáforo hasta que el frenesí de los disparos silenciosos fueran atemperados en aquel refugio cálido. Por la periferia de sus ojos se deslizaban las siluetas borrosas de las edificaciones a su alrededor, estaban a unas cuadras de llegar a su destino, el edificio donde los esperaba una cama libre de testigos. Había que reconocer que su acompañante era incansable en sus caricias, se brindaba en forma completa y sin egoísmo a su labor, cualquier hombre podría ser feliz con una mujer con esa capacidad de entrega.

La adrenalina y el placer se mezclaban con los acordes del rock en los altavoces, la noche como único espectador de aquella escena secreta, para el resto del mundo aquel automóvil sólo llevaba un pasajero, un hombre con la barba de los trasnochados y la mirada ausente que llega con la tranquilidad del alcohol.

No hay hombre que pueda resistirse al encanto de un beso íntimo, es tan difícil juntar los labios a otro sexo, sin desear pegar todo lo demás, pensaba Max, que empezaba a desearla de otra manera. Una mujer que sabe amar con la boca, sabe amar con cualquier parte del cuerpo. Y esta chica poseía calor y humedad, presión y ritmo, sensualidad y destreza, la receta perfecta para un viaje al cielo sin escalas ni turbulencia indeseable; por el contrario, los cambios de velocidad son bienaventurados y apreciados. Cinco dedos intentando domar al monstruo, ejerciendo el control y atemperando el calor, subir y bajar, tomar y dejar, suavidad y violencia, candor y perversión, otra vez arriba, otra vez abajo, es inevitable apagar la vista, abandonarse al placer hedonista de recibir amor a través del sentido del tacto. La carne al servicio de la carne, la humedad doblegando a la piedra, el calor imponiéndose a la fuerza. Chupar y mojar, proteger y acariciar, verbos que sólo se conjugan a la hora de amar. Otra luz en rojo, otra mirada perdida en las vestiduras del techo y de pronto, ahí está, oscilando en el fondo de su mente, la chica de la sonrisa eterna, con su boca de fresa y su mirada de exploradora nueva, ¿qué haces aquí?, ¿quién te dio derecho a colarte en mis placeres, a apropiarte de la gloria que le pertenece a quien en este momento me mima y acompaña?

Ahora es su boca la que se cierra alrededor de su carne embravecida, es su piel de luna en la que se hunde aquella plenitud de hombre y la que se prodiga en besos calientes, lengüeteos imprevistos y desquiciantes lamidas. Maldita seas, bienvenida seas, adorable desconocida, te adueñas de un momento que no te pertenece y estableces tu marca en un cuerpo que empiezas a reclamar como tuyo. Max no sabe su nombre y sin embargo, se sabe suyo por el restallar del látigo sobre la fantasía de tenerla encima de él.

Entran al estacionamiento del condominio, rompiendo las penumbras con la incandescencia violenta de los faros del coche. Pasan frente a la caseta de seguridad, el portero sonríe al mirar de reojo a la primera acompañante en semanas que pasara esa noche en el departamento de Max. Piensa que por fin ahuyentará por un rato la soledad y lo escuchará de nuevo silbar en las mañanas cuando se dirija hacia su inseparable Jaguar. Ignora que el brillo en la mirada de Max no es por su acompañante actual. Esa luz en sus ojos aún no tiene nombre, pero le conoce una sonrisa capaz de derribar cualquier puerta en su vida con la fuerza de un huracán, y la sospechosa ni siquiera lo hace en su propio mundo.

***

La luna estaba en descanso aquella noche a inicio de mes, estaba ausente, quizá preparándose para su regreso triunfal en el más deslumbrante de sus periodos durante el año: el de octubre. Sublime e incitante, mágica y colosal, responsable de romances como el mar con la arena, de amores legendarios como entre Don Juan y Doña Inés, de suicidios estúpidamente románticos y arrebatadas declaraciones de amor, perpetuados todos bajo el poderoso y ancestral influjo de aquella luna despegada en las comisuras del otoño. En la azotea de un edificio, un conjunto de sombras se mezclaban unas con otras. Recargada en el borde del techo y con sus ojos de pantera extasiada, Sabina miraba a lo lejos sin observar realmente nada, con la mirada flotando sobre el techo de los edificios vecinos. Su cuerpo medio desnudo y elevado a doce pisos del suelo, el rostro transformado por el deseo, con los labios temblorosos y secos de gemir y el pelo revuelto por el asedio continúo del hombre detrás de ella. Sentía en cada rincón del cuerpo la vibración producida por el embate de los muslos fuertes de su acompañante, que se estrellaban rítmicamente contra su castigado trasero al descubierto, sacudiendo sus muslos, agitándole los senos y aventándolos sensualmente una y otra vez contra la pared en la que estaba recargada. Sabina usaba sus piernas como firme sostén para apoyar la resistencia ofrecida por sus caderas, que se inclinaban desafiantes para recibir aquella carga tortuosa de piel entrando y saliendo de sus entrañas convertidas en lago. Esa noche, había elegido para vestir una falda larga, de color guindo y con tenues flores negras y estampadas, el borde de tela le caía a media pantorrilla. Debajo no usaba nada, iba así sin bragas, porque adoraba la simple sensación al caminar del roce entre sus labios que la mantenía excitada sin hacer otra cosa que andar. Su blusa era negra, ceñida y con mangas amplias, con un escote valiente y dos montes descarados que amenazaban romper su contención en cualquier momento. De pie tras ella, como héroe griego, un simple mortal llevaba a cabo la titánica labor de empujar y jalar de las caderas aquella figura de amazona, de acariciarla con las manos y calcar en rojo sus dedos extendidos sobre aquella suave piel, disfrutando entre jadeos y gruñidos la embriagante sensación de poseerla y tenerla a merced del fuelle de su cadera. A la vista de Max estaba el cuerpo provocativamente inclinado de la dama de rojo y también el panorama que ofrecía aquella azotea en penumbras. La ausencia de luna era la cómplice perfecta para estar agazapados en la oscuridad, entregados al gusto clandestino de reinventarse en las caricias y la piel de un desconocido. Como otras veces, el peligro de ser atrapados era el detonante para potenciar las sensaciones, para sujetar la espalda ajena con los dientes, para golpear, empujar, clavar y apretujar el cuerpo del compañero de odisea. El reto era tomar con calma la prisa implícita por terminar rápido, olvidarse en la medida de lo posible del lugar para gozar la entrega de una piel cálida y dispuesta. Las manos de Max se aferraban con fuerza a aquellas caderas jóvenes y arrogantes, bajando a ratos a acariciarlas en donde la falda enrollada hacia arriba dejaba al descubierto una piel eternamente tentadora y redonda. Sus movimientos eran rítmicos y servían para deslizarlo suavemente por aquel espacio inundado que se estrechaba alrededor de su miembro, estrujándolo con fuerza, intentando aparentar una falsa oposición a su conquista, pero recibiéndolo con toda la complacencia de la tierra que reclama y exige ser habitada. La mano derecha de Sabina estaba sincronizada con la cintura de Max, sus hábiles dedos se movían frenéticamente entre sus piernas al ritmo que marcaba el violento deslizamiento de él. Sentía una planicie cubierta de un bosque rasposo y ensortijado pegando contra el origen redondeado de sus propios muslos y un par de esferas de acero, que iban y venían, besándose violentamente con las puntas de sus uñas o con su inglés. El aroma de los dos viajaba por el viento hasta llegar a su nariz, mezclado con el enajenante sonido de su encuentro que retumbaba en sus oídos como el ataque a una muralla de Troya. Las yemas de sus dedos se tallaban en círculos imperfectos sobre la base mojada de su sexo, para luego partirse en dos y deslizarse como afilada tijera sobre las orillas de sus delicados labios, ahora inflamados, empapados e invadidos por la piel del conquistador de sus gemidos. Las sensaciones de placer salían disparadas desde el punto de impacto entre los dos cuerpos hacia los tobillos de Sabina, en donde daban la vuelta para regresar por el frente de sus piernas y colgarse de la orilla del ombligo para trepar por su vientre hasta sus senos arrinconados contra la pared para compartirles su parte de dicha y placer en aquel enlace épico.

Mientras tanto, Emma se había levantado de madrugada a hacer yoga, como lo venía haciendo cada sábado desde un año atrás que el estrés la había mandado a una cama de hospital. Se calzó zapatos deportivos, se metió en unos leggings azules y una sudadera con gorro del mismo color, tomó su tapete rosa para yoga que guardaba enrollado en la parte alta del closet y salió al pasillo. Le gustaba subir por las escaleras, en vez de utilizar el ascensor, porque de esa manera calentaba un poco las pantorrillas recorriendo los cuatro pisos que había entre su departamento de soltera y la azotea.

Al llegar a la escalera que conducía a la puerta de acceso le sorprendió que el foco del pasillo estuviera fundido, por lo que tuvo que guiarse casi en penumbras, tampoco había luz de luna, así que caminó valiéndose únicamente de las luces que escapaban de algunos departamentos y de un rayo tenue de iluminación que se colaba del alumbrado público por el ventanal al final del pasillo. La subida a la azotea desembocaba justo al lado de un pequeño cuarto que en cierta época estaba destinado a la conserjería, pero que al paso de los años al no contar más con el servicio de un conserje se había quedado vacío. A Emma le daba un poco de miedo subir a esas horas a la azotea, tenía que pasar por una serie de estructuras de metal y andamiajes de madera que se habían quedado almacenados indefinidamente allá arriba a saber por quién y para qué. Aunque una vez pasados aquellos obstáculos llegaba por fin a su área preferida, una gran extensión despejada en donde podía tender su tapete y practicar las posturas de yoga que más la relajaban. Además, teniendo sólo por techo las estrellas o la luna llena cuando aparecía en el cielo, contaba con perfecta iluminación natural para meditar tranquilamente sin otro testigo que la indolente madrugada. Para cuando Emma llegó al final de los andamiajes ya había percibido algunos ruidos extraños, con cautela se fue aproximando, pensando que serían algunos gatos callejeros o palomas silvestres que estaban de visita en la azotea. Sin embargo, sus ojos ya acostumbrados a la oscuridad percibieron las siluetas inconfundibles de una pareja entregándose al placer de la piel en la piel, ahí en plena intemperie. Sin explicarse porqué, se agazapó con sigilo en un rincón apartado de la salida, desde donde podía verlos sin delatarse. Pero su gran sorpresa fue darse cuenta que había más parejas entre las sombras, en la misma ardiente situación, cada una en un área determinada de la terraza, explorando y experimentando distintas formas de sensualidad y de intenso erotismo.

Ahí estaban, no era un sueño, Emma los miraba claramente, hombres y mujeres, en perfecta armonía erótica, con diferentes posturas y etapas de la comunión universal de una pareja. Ellos no la vieron en el egoísmo de su éxtasis que sólo prestaba atención a las sensaciones absorbidas por sus sentidos. ¿Quiénes eran esas personas? ¿Cómo habían llegado a esa área del edificio? Se preguntaba Emma, intrigada, pero silenciosa, sin exponer su presencia. Inclinada sobre una orilla de la azotea estaba la silueta sensual de una mujer, por detrás, un hombre le jalaba el cabello con suavidad, pero determinado a provocarle un doble placer. Lo clásico y equilibrado de sus movimientos provocó en Emma el recuerdo de las estatuas griegas. Se imagino al héroe recién llegado de la batalla, poseyendo el cuerpo de su consorte para celebrar la victoria. Combatía con amor a la mujer en forma ruda, como buscando demostrarle a la muerte que aún seguían con vida. Pasaba una mano por su espalda con suavidad, pero a la vez le encajaba las uñas en la piel con pasión mal contenida. Esa dualidad, ternura-rudeza, a Emma le pareció muy excitante. Estoico en su lugar, él apretaba las piernas para encajarse más hondo cuando la mujer se revolvía por el castigo infligido a la curva de su espina dorsal. El hombre agitaba la cadera de un lado a otro, balanceándose sobre su eje para penetrar a la mujer vez tras vez en diferentes ángulos. La chica jadeaba a lo bajo, emitiendo gemidos agónicos por el borde de la azotea. Con una mano se tocaba por debajo del vientre, mientras el héroe de mil batallas ahora le acariciaba las nalgas y la declaraba suya en cada inspirado embate. No era un héroe taciturno, emitía sonidos de enorme carga erótica.

Emma podía captar claramente la respiración entrecortada de la pareja, el esfuerzo del hombre con sus gruñidos bajos y roncos, así como los jadeos extasiados de ella. Veía como la mujer alentaba al hombre con esa manera tan femenina de gemirle provocativamente y agitar de un lado a otro sus caderas para inducirlo a aumentar el ritmo. Pero los movimientos de su compañero eran medidos, sin prisas ni improvisaciones, por debajo de su cintura marcaba el ritmo acompasado de aquella danza erótica y sensual. Emma notó sin poderlo impedir que su propio cuerpo estaba respondiendo al estimulo visual, sintonizándose con la experiencia de saberse ignorada y excluida, y ser a la vez un espectador privilegiado en primera fila. No supo en qué momento el tapete de yoga terminó atrapado entre una de sus piernas y la pared, ni tampoco en qué momento desvió su mirada hacia otra de las parejas, mientras su mano derecha bajaba rapazmente hacia el pequeño lago gravitando por encima de sus piernas. Emma estaba en llamas, empapada, había olvidado por completo el yoga y la meditación, aquello era infinitamente más excitante que nada que hubiera visto antes en vivo o en televisión. En su silenciosa entrega a sí misma quería ser una de esas mujeres sin rostro y tener dentro a uno de aquellos hombres, el que fuera, pero ahora mismo entre sus piernas.

Emma volteó hacia donde un hombre de rostro desencajado y con el torso de un minotauro estaba recargado en una pared de la antigua conserjería, con los brazos extendidos como árbol y las manos abiertas apoyándose contra el muro de concreto. Tenía la mirada embelesada y clavada en la mujer que acariciaba con la boca hábilmente la piel erguida y expuesta por enfrente de su pantalón. El recorrido húmedo de la lengua femenina le dejaba un rastro tan caliente y placentero que éste se refleja en los músculos tensos de la mandíbula del hombre y en los jadeos leves que escapaban por sus labios secos. Su compañera usaba ambas manos para sostenerse de la rama de piel y con labios persuasivos chupaba la punta o lamía por arriba y por abajo para después tragárselo casi completo y repetir el ciclo. Emma lo escuchó gemir entregado y sometido, retumbando en sus oídos aquel placer compartido, con la mano metida en sus bragas empapadas se apropió de aquella escena, se imaginó a sí misma con aquel tronco duro y palpitante dentro de su propia boca, se talló con más fuerza, negándose a cerrar los ojos, a soltar el gemido delator y perderse o interrumpir el resto del espectáculo. Posó la vista en otra escena: una mujer con una cabellera castaña y caída a media espalda estaba en cuclillas sobre un hombre de rostro anónimo, él estaba sentado en el suelo y recostado contra un poste del que pendía una larga antena apuntando al cielo. La mujer llevaba claramente el control, se apoyaba experta en los hombros de su compañero para moverse sobre un riel imaginario que le permitía deslizar su cuerpo con un apasionado ritmo hacia adelante y hacia atrás, así como levantarse unos cuantos centímetros, para después dejarse caer con lasciva premeditación sobre su carne erecta. Emma se mordió un labio al percibir en la penumbra un falo fuerte y grueso que recibía y soportaba imbatible los sentones de aquella gata de tejado, con sus senos al descubierto para que el hombre los besara o acariciara con sus manos amplias y sabias. Un par de zapatos bajos le ayudaban a su compañera a controlar la penetración y mantener el equilibrio, además de brindarle unos segundos muy útiles para gemirle al oído algunas palabras a su atormentada montura, ininteligibles para Emma, pero que resultaba fácil deducir su propósito y significado.

Emma sentía las piernas temblorosas y sus bragas incapaces de contener el torrente húmedo que se extendía hacia sus mallas. Sus dedos estaban poseídos de una nueva vitalidad y una pasión que les desconocía y que jamás les había notado en sus orgasmos solitarios en casa. La acariciaban con frenesí como si tuvieran vida propia y fueran una extensión invisible de alguno de los varones en su campo visual, tomando posesión de sus labios, entrando y saliendo entre sus pliegues mojados, alternando giros sobre su clítoris y ejerciendo un movimiento de izquierda a derecha como si estuvieran despejando un área llena de hormigas. Alcanzó el orgasmo viendo a la pareja de la mujer de falda y el hombre de saco oscuro que ahora ya no estaba detrás de ella, sino que la había puesto de frente y con una mano le levantaba la pierna derecha y la falda para penetrarla fieramente de abajo hacia arriba, en un movimiento sistemático e implacable de pistón, pugnando por mantenerla flotando en el aire, aunque ella se empeñaba en volver todas las veces a su violento encuentro. Emma los escuchó a ambos gritar de éxtasis y nadie pudo impedir que los retuviera entre sus piernas, como si ella fuera aquella desconocida de falda larga.

Emma sintió las explosiones de un segundo orgasmo voyerista junto con ellos dos, fue más intenso que el primero, una implosión de gemidos que no podían ser liberados hacia afuera, y se convirtieron calladamente en agua tibia, el recurso perfecto para darle rienda suelta a cascadas de éxtasis contenido y sometido en su escondrijo. Se quedó recargada en la pared, sentada sobre el tapete enrollado de yoga, disfrutando las placenteras sensaciones del estallido, con los ojos cerrados y la mano todavía metida por debajo de las bragas. De pronto escuchó los pasos de aquel grupo de vampiros del sexo, aquella era la mejor manera de describirlos, sintió miedo y se arrellanó en su cueva improvisada para que no la descubrieran.

Fueron saliendo uno por uno, pasando a sólo unos metros de Emma sin voltear a verla, ignorantes por completo de su presencia. La última en prepararse para salir fue la mujer que había detonado el orgasmo de Emma. Aquella misteriosa mujer vestía una falda larga de algún tono rojizo, con una blusa escotada y provocativa, pero de gusto impecable. Emma se dio cuenta que todos olían a perfumes finos y a sexo en las alturas, iban en fila como flotando en una alfombra mágica. Deseó ser una de ellos, tener esa misma cara de satisfacción y deleite, quitarse el estrés de aquella manera como lo hacían ellos, sin palabras, sin nombres, en silencio y en total entendimiento y entrega. La dama de rojo se dirigió a la salida, había dejado marcharse a todos por delante a propósito. Caminó hacia el cuarto de conserjería y al estar a unos pasos del escondite de Emma, giró determinadamente sus pasos hacia allá, en donde unos ojos atónitos la veían acercarse cada vez más.

Emma sintió que una jauría correteaba una liebre dentro de su pecho, el pulso se le aceleró al saberse descubierta. Apretó el tapete dispuesta a usarlo como escudo o arma para defenderse. Se sintió avergonzada de haberse entregado no sólo a la contemplación, sino haber participado en aquel encuentro privado sin invitación, como un ladrón de emociones, un saqueador de orgasmos ajenos. Sabina se plantó callada a unos centímetros del rostro de Emma, había hecho esto muchas veces, sin embargo, seguía siendo un ritual imponente, con una gran carga de energía ancestral en su papel de reina del clan.

La miró directamente a los ojos y le dijo:

—Estacionamiento trasero del Estadio Mayor, próxima semana.

Sabina dio la media vuelta y se alejó caminando como una emperatriz que le ha perdonado la vida a un condenado a muerte y le ha concedido además una inmensa riqueza. Pasaron algunos minutos antes que Emma regresara a su departamento, con su tapete de yoga enrollado bajo el brazo y un pergamino extendido de pensamientos sucios en la cabeza. Al cruzar la sala para ir a la cocina ya había tomado una decisión que afectaría no solamente su vida, sino los acontecimientos venideros de la hermandad de sexo clandestino.

KILÓMETRO 13 - LE LLAMABAN NICK

La noche que Sabina bajó al subterráneo del Latitud 40° fue el antes y después que dividió no sólo su vida sexual, sino que trazó una línea muy flexible entre su moral y sus principios, moviéndola varios puntos hacia la izquierda. Fue una noche en la que perdió otro tipo de virginidad, una primera vez en la que se abren los ojos ante una nueva forma de sentir y entregarse al deseo sexual, sumándole altas dosis de adrenalina y quitándole todos los elementos amorosos que suelen aparecer en las relaciones sentimentales, sin complicaciones ni incertidumbres. Pero aquello tampoco había sido simple y puro sexo con un toque de atracción y suspenso ante un desconocido. Sabina había tenido algunos episodios fugaces con altas dosis de lujuria. En ninguno de ellos había sentido jamás esa llama incandescente que se prendió entre sus piernas por unos instantes bajo las manos de aquel hombre de labios delgados y ojos silenciosos. Aquello era algo más profundo e intenso, una peligrosa aventura como ninguna otra, no habían cruzado más que unas cuantas frases y sin embargo se habían dicho todo lo necesario con el lenguaje del cuerpo. Se conocía demasiado bien para saber que no renunciaría a la experiencia completa, sin importar las consecuencias que tuviera que pagar.

A su regreso de la terraza, en su mesa sólo había vasos semivacíos y dos cigarrillos encendidos, encontró al último par de amigas que quedaba del grupo inicial y a juzgar por su actitud no estaban interesadas en la idea de salir acompañadas por un hombre aquella noche. Las dos mujeres discutían animadamente sobre el porqué de la insistencia de los hombres en querer arreglarlo todo, una de ella tomaba un sorbo a su bebida y con la otra hacía una señal de aprobación ante un comentario aparentemente ingenioso de su compañera. Ni siquiera prestaron atención a Sabina que había tomado su bolso y se retocaba el maquillaje, era una actitud normal en una mujer y no revestía de interés suficiente para interrumpir su plática. Tampoco les importo verla levantarse e irse con rumbo desconocido, también era algo normal que quienes encontraban pareja se fueran a otra mesa o abandonaran el lugar, estaba en el código casual: llegamos separadas, nos juntamos en una mesa y cada quien se va por su lado en algún punto de la noche, sin explicaciones innecesarias, cada quien su vida y sus calzones.

Habían pasado casi veinte minutos desde el vistazo al abismo en la terraza cuando llegó al estacionamiento subterráneo y pasarían algunos años antes de aquella noche en que Max la conocería como la dama de rojo en Ruben's. Esa noche en el "Latitud 40°", Sabina era la nueva conversa y como todo nuevo discípulo estaba ansiosa y nerviosa, con una corriente de adrenalina e incertidumbre columpiándose por entre sus piernas, estaba húmeda y con la piel sensible, aquel cretino la había elevado a las puertas del cielo y cuando estaban por abrirse la había abandonado a su suerte. Aquí estaba ahora, caminando sola entre los carros, sin una pista acerca del paradero de su misterioso hombre y sin saber a qué se dirigía. Le asaltaron las dudas, y si se había equivocado al escucharlo, si ya se había ido al no verla aparecer, si era una forma de engancharla y secuestrarla para meterla a una red de prostitución, había escuchado que esas cosas pasaban. Se rió de sí misma y siguió caminando, el eco de sus zapatillas se escuchaba ante su paso determinado contra el pavimento alejándose del área en la que confluía más gente. Instintivamente buscó la zona más oscura en el aparcamiento. Pasó por entre varios coches oscuros y justo en el instante que cayó en cuenta que todos esos automóviles estaban ocupados, una puerta se abrió tapándole el paso. Sintió un brinco en el pecho y apenas reprimió las ganas de soltar un grito al ver una mano de dedos gruesos y blancos que la invitó a entrar con un simple giro, Sabina reconoció en el resto de aquel brazo al hombre con aroma a Mont Blanc y peligro al que buscaba con ansía y que a la vez temía como se teme ceder a la tentación de probar una droga potencialmente adictiva.

El ambiente en el auto era acogedor y aunque reinaban las penumbras había un Jazz suave en el aparato de sonido que relajaba en instantes, su misterioso acompañante quizá era de pocas palabras, pero de buenos gustos. Sabina estaba adaptando su mirada gitana a la escasez de luz cuando sintió el aroma a demonio aproximándose hacia ella, así como llega el olor de la lluvia con el viento mucho antes que las gotas de agua se abatan sobre la tierra. Sintió un estremecimiento en las corvas de las pantorrillas y las replegó inadvertidamente contra el asiento, contuvo la respiración y sintió la calidez de sus labios paseándose por su cuello sin tocarlo, como si estuviera olfateando el terreno o quizá preparándose para asaltarla con un beso, sin decidir todavía el punto ideal para la caída de sus labios. Ella cerró los ojos y la puerta a las preguntas y palabras. Se abandonó a la sensación de esperar aquel beso que disipaba cualquier duda. Si el silencio más corto es provocación para el beso, la mordida más leve es motivo para una llamarada. La piel de Sabina iba subiendo de temperatura y registró un pico al chocar suavemente contra los labios delgados y suaves del cretino, la sorprendió su delicadeza, no era un beso tierno, pero tampoco era salvaje o posesivo, era un beso de reconocimiento, de presentación. A ese beso siguió uno más y otro más por toda la curva del cuello hacia los hombros. Besaba bonito y sin prisa, pegando la boca en el segundo exacto y cambiando de lugar en el momento necesario. Aquella boca sabía besar y apaciguar todas sus inquietudes de peligro. Se tomaba el tiempo para saborear cada palmo de su cuello y bajaba como no queriendo al área del pecho, el placer giraba como alas de mariposa por todo su cuerpo, de pronto sintió un beso distinto, unos dientes que se clavaron con deliberada precisión en los bordes de uno de sus senos, Sabina abrió los ojos de asombro y miró hacia el techo, después bajó la vista y lo miró ahí, jalando la tela de su vestido hacia abajo, dejando sus pechos al descubierto, sus labios sin filo deambulaban alrededor de sus montes, chupando y arrastrando ambas rendijas entreabiertas por su piel, Sabina sentía un mar corriendo por sus entrañas, en donde se formó una gran ola al sentir su boca alrededor de sus puntas rebeldes y excitadas. El cretino usaba ambas manos para juntar sus pechos y los alternaba para besarlos, lamerlos y morderlos.

"Cuánto placer puede brindar un hombre que sabe usar sus labios para pintar el cielo en la piel" — pensaba Sabina.

Sus manos descansaban respectivamente en el asiento de enfrente y en el respaldo del asiento trasero, no se atrevía a tocarlo ni a realizar ningún movimiento por miedo a interrumpirlo. Se sentía como una colegiala en sus primeras veces, como una casada siendo infiel por primera vez, como una guitarra olvidada que de pronto se encontraba con unas manos intentando afinarla. Definitivamente, no se parecían a los besos en la baranda, que habían sido provocativos y ardientes. Aquí la besaba como si la fuera empujando lentamente a un delirio en el cual la constante fuera su boca cayendo sobre su piel, acostumbrándola a su textura y temperatura, a un limbo placentero de besos en donde tiempo y espacio dejarán de importar, cuántos minutos habían pasado, sentía una eternidad había sucedido desde que había dejado en la mesa a sus amigas, y ahora estaba aquí entreabriendo las piernas al pedido silencioso de una mano que se deslizaba cuesta arriba por sus muslos, sentía sus vellos cortos y suaves rozándole la piel interna de sus extremidades, unos dedos decididos como peces siguiendo el curso a casa.

Un gemido brotó de la garganta de Sabina al sentir las puntas de aquellos dedos gruesos hurgando en su ropa interior, buscando el acceso a sus aguas, abrió más las piernas, apretó el asiento con sus manos, echó la cabeza hasta atrás y disfrutó de nuevo el éxtasis de tener sus dedos tallando, girando, revolviéndolo todo dentro de su intimidad. Desconocía el nombre de aquellos dedos, no tenía el menor afecto por su dueño, no había cadenas ni recuerdos, era puro y llano placer, vivirlo sin pensar en el después. Con una mano derecha curiosa y aventurera, Sabina buscó instintivamente la reciprocidad, quería, ansiaba, le urgía devolver las atormentadas caricias al cretino, lo encontró en su pantalón imponente, impaciente por participar. Lo encontró con una mezcla de excitación y gusto por dar lo que recibía, en sus pechos había unas marcas rosas y nuevas, pero no definitivas de los dientes que seguían mordisqueando, de aquellos labios que seguían besándola a la vez que sus dedos la penetraban a un ritmo semi-lento. ¡Dios qué placer! Pensó Sabina al sentir aquellos dedos entre sus piernas y tener al mismo tiempo entre sus manos aquel instrumento de carne tibia listo para ella, en la mera punta había una gota que diluyó alrededor de su fuente con el dedo pulgar, el mismo que fue bajando por la parte interna de aquella llave al hombre, lo acarició con toda la mano, le sobó los pendientes de piel rugosa y lo zarandeó con ternura, lo exploró a su antojo como si leyera un libro para ciegos, al punto que pudo dibujarlo en su mente sin haberlo visto jamás. Se sintió poderosa y benévola, lo cobijó con su mano y extendió su calor de arriba abajo, de abajo hacia arriba, sus dedos se abrían cada vez que aumentaba su tamaño, sus paredes se escurrían en cada nueva palpitación de aquella bestia indomable en el lazo de su mano.

El cretino, porque no había dejado de serlo sólo por besar sublime usó sus manos para levantarla del asiento, para quitarle las bragas y con su mano derecha acariciarle las nalgas por debajo de los pliegues de su vestido negro. Ese simple y aparentemente inocente movimiento provocó que Sabina se inclinara hacia adelante y quedara al alcance de su boca lo que mantenía erguido y latiendo en su mano. Se chupó los labios preparándolos para probarlo, para resbalarlo suavemente sobre ellos hacia el interior de su boca. Tenía un sabor a limpio, a jabón neutro y a hombre, lo saboreó con toda la lengua y lo escuchó gruñir cerca de sus nalgas, a las que acariciaba y usaba de resbaladilla para meter por atrás un dedo en su sexo mojado, Sabina apretó duro con su boca aquella carne al sentir la penetración masiva y de frentes alternos, seguía siendo suave, pero distaba mucho de ser convencional, la escena era una fotografía erótica en blanco y negro de dos seres dándose y recibiendo placer infinito, ella chupaba y él la penetraba con varios dedos, aumentando la velocidad, imprimiendo un nuevo sentido a las caricias furtivas.

Aquí no había espectadores, pero la posibilidad de ser interrumpidos seguía viva, en cualquier momento el dueño del carro adyacente podía decidir que era hora de regresar a casa o quizá de llevar a su acompañante a un lugar más privado. El coche en el que estaban tenía vidrios ahumados, pero no impedían ver las siluetas desde afuera e imaginar el resto a base de sus sugerentes movimientos. Sabina le habría dedicado más tiempo a aquellas inquietudes si hubiera tenido oportunidad, pero aquel placer malsano era acaparador con sus sentidos y perturbador de todos sus pensamientos, empezó a sentir la urgencia de tenerlo dentro, de cabalgarlo con ímpetu, de palanquearse sobre su asta y ondear su larga cabellera negra como bandera pirata al lado de su rostro imperturbable, a ver si después de escucharla gemir seguía manteniendo ese control férreo. El reto la humedeció más, quería ver al hombre de los silencios gritando de agonía intentando soportar sus sentones húmedos y apretados. Pareció que le leyó el pensamiento, el demonio arremetió con fuerza al frente con sus dos dedos contra aquel volcán en fase final de erupción. Sus dedos eran amplios y firmes, Sabina se estremeció con el grosor y con lo que se imaginó al encerrarlos íntimamente y apretarlos con todas las fuerzas de su pelvis. El cretino traía algún plan entre dedos, intensificó el ritmo, le estrujó las tetas y le mordió una nalga. Eran un revoltijo de extremidades en un espacio reducido y sin embargo, se las apañaba para alcanzarla en sus puntos más erógenos, haciendo que cada caricia fluyera natural y sin complicaciones.

Sabina contuvo el impulso de morderlo, en cambio lo chupó con premeditada lentitud, ¿quería guerra? Pues la tendría, utilizó su lengua como una puta consumada, auxiliándose con las dos manos para manipularlo, jalando, tallando y sacudiendo aquel soldado a descubierto, percibió sus estremecimientos y entonces lo soltó, dejándolo como huérfano en medio de la noche, buscando casa, un refugio donde soportar la ausencia de calidez y la necesidad de un abrazo. El hombre de los ojos duros la jaló hacia él, con una mano le separó las piernas y la puso en posición para montarlo, antes que ella lo hiciera, sacudió sus dedos sobre el diminuto centro erguido de Sabina, lo untó con sus propios jugos para curarlo por anticipado de lo que se veía llegar, lo provocó con sus yemas tibias e insistentes, cuando estuvo satisfecho de su efecto, la agarró de las caderas y la sentó de un viaje sobre un verdadero poste de los tormentos. Sabina aulló de satisfacción al sentirlo por fin habitándola por completo, extendido, impetuoso y punzante. Todo suyo, toda suya.

«El control es de quien está arriba», pensó ella.

Pero se equivocaba, una embestida a contra golpe la sacudió por dentro, como ondas sobre un lago, extendiéndose desde su centro, desde el punto de caída de la piedra hacia las orillas de su cuerpo, una onda que se sintonizaba mejor al pasar por áreas como su vientre, sus pezones y su mente.   Recordó los besos en la terraza, y pensó:

«Los hombres que besan rico no pueden coger feo».

Ahora estaba segura que el cretino hacía honor a sus besos y además disfrutaba que el control fuera compartido entre los dos.

Sabina levantaba sus caderas para manipular el instrumento de su tortura, para medir el lugar de impacto de cada embestida, el hombre de los silencios le gemía sensual al oído, se aferraba a sus muslos y se empeñaba en crecerse y tallarse constantemente contra su pubis y sus paredes. Por la mente de Sabina volaba una parvada de sensaciones que rebotaban en los límites de su cerebro de izquierda a derecha y de arriba abajo, se sentía montada en esas alas, volando por un cielo de dicha física inigualable, efímera y adictiva. Lo abrazó con fuerza con labios y entrañas, se soltó los últimos cabellos cuerdos que le quedaban y lo arañó con salvajismo en la espalda, pensó, si tú me marcas por dentro, yo te marcaré por fuera para estar iguales mañana cuando te bañes. Aquel sillón de piel no había estado nunca tan herido ni tan húmedo, las nalgas de su jinete se hundían en el acolchado en cada choque de aquellas dos fuerzas contrarias y sexuales, las zapatillas de Sabina estaban tiradas en la alfombra, sus plantas aferradas a los bordes de piel del asiento, a los que usaba para impulsarse con pasión hacia adelante, con toda la entrega que hay en una mujer que finalmente se ha dado la libertad de ser y gozar al tope su sexualidad con un hombre, sin miedos, sin tabúes, sin inhibiciones. Fluyendo sin pensar si gritaba o se humedecía demasiado, si debía contenerse para no provocar que su acompañante se viniera antes de tiempo, sin necesidad de fingir ni exagerar un sólo gemido, soltándolos de forma auténtica y espontánea, como el mejor regalo que sabe dar una mujer cuando se la cogen con toda el alma. Sintió un dolor relampagueante en una de sus nalgas, el cretino le había soltado una nalgada y ahora le acariciaba la parte dolorida con suavidad, impulsándola hacia abajo para que se clavara en su montura y conteniéndola hacia arriba, para que no se rompiera el lazo. Aquella mezcla de placer, dolor, placer desquició a Sabina, le ardía la piel y al mismo tiempo su cuerpo pedía más, en sus paredes era temporada de aguaceros, se escurría a chorros y estaba más receptiva que nunca en su vida, quería más, que su acompañante no parara, que no se vaciara, que la llevara a alcanzar un orgasmo trepidante.

Se preguntó si entre sus poderes estaría leerle la mente, sintió como aquel amante oscuro se paseaba como felino alrededor del más escondido de sus rincones, lo hacía apenas rozando, mojándolo con sus propios jugos que se le desparramaban por las ingles, cayendo sobre su unión y que el cretino los arrastraba cuesta arriba por el ocaso de la división de sus nalgas. Jugueteaba con el peligro, con la percepción inconfundible de lo que deseaba hacerle. La verdad es que no podía concentrarse mucho en su retaguardia, cuando los labios de navaja cortaban todos sus pensamientos chupando y besándole los pezones, mordiéndoselos a lo animal, exacerbando con esto los movimientos en las caderas de Sabina, que se revolvía encima de él, como leona herida, pero combativa.

Sabina, subía y bajaba, se tallaba hacia un sentido y luego hacia el otro, gemía y lo maldecía con el filo de sus uñas, sentía la ola del orgasmo elevándose rápidamente, estaba a punto de alcanzarlo, sólo un poquito más de esa carne, de esos latidos calientes, entonces sintió su dedo húmedo, resbalando un centímetro de yema hacia dentro de sus nalgas. Quiso resistirse, pero aquel placer era nuevo, profano y desquiciante, sólo atinó a buscar refugio en su cuello, besándoselo y jadeándole con las orillas del orgasmo, incrementó el vaivén de su cadera, se clavó más adentro sobre aquel dedo invasor y explotó en toda su intensidad, en una onda expansiva de emociones y sensaciones al dejarse caer casi rendida sobre el miembro del cretino, quien sintió como lo mojaban en abundancia y se renovó con su estado empapado, empujó y empujó hacia arriba con sus caderas, hacia dentro con su dedo, con su verga, con todo su fuelle de hombre hasta provocarle otro orgasmo a Sabina, más centellante y arrollador que el primero, y luego un tercero cuando sintió las balas calientes del cretino pegando en los muros mojados de su laberinto, con sus gruñidos de jabalí agónico grabándose para siempre en la memoria de ella. Le retumbó tanto el pecho, que no escuchaba otra cosa que sus latidos, el tiempo dejó de moverse, las piernas las sintió sin fuerzas, los brazos pesados y el alma ligera. Una felicidad desconocida le ardía entre las piernas y se distendía hacia sus nalgas, hacia el recoveco profanado y tomado sin su consentimiento. Estaba exhausta, pero satisfecha.

—¡Vaya! —pensó para sus adentros— estos son fuegos de guerra y todos los demás simples fuegos artificiales.

No habían dicho una sola palabra, pasados unos instantes Sabina intuyó que todo había terminado, que debía irse, pero no atinaba a hacerlo sin desear que hubiera alguna señal de la cual agarrarse para no decir adiós al hombre de los silencios eternos, para darle u obtener algún medio de contacto. Sabina se arregló sus ropas, curiosamente no se sentía ni puta ni ofrecida, se sentía libre como el viento, tomó su bolso y se calzó las zapatillas para abandonar el coche, en el estéreo seguía regalando sus notas un Saxofón virtuoso, la noche aún habitaba el subterráneo y a lo lejos se colaban las notas estridentes de la música del Latitud 40°. Sabina abrió la portezuela, sacó ambas piernas para apoyarse en el pavimento y ponerse de pie cuando escuchó de nuevo su voz gutural, ahora recargada de masculinidad por el silencio acumulado, le dijo:

—Parque de los héroes, próxima semana.

***

Los calendarios se deshacen rápido de sus hojas cuando la vida es placentera. Nadie puede culpar a los que se ausentan del mundo a su alrededor si es por disfrutar su propio mundo privado y excluyente. Le pasa a los enamorados, a los recién casados y a los que han adoptado un nuevo pasatiempo, incluso siendo trabajo. ¿Por qué no habría de pasarle a los que encuentran una ruta sinuosa, adictiva y secreta al mundo del sexo clandestino? Un túnel exclusivo hacia un fugaz paraíso sensorial, donde sólo son admitidos los que se vacían los bolsillos de tabúes, represiones y falsos pudores. Los que dejan los miedos envueltos en la ropa interior tirada en el suelo y se aventuran sin otra arma que los dones de su sexo y sin otra debilidad que la confianza puesta en quien la recibe. Las verdaderas pasiones se escriben con las uñas y la piel. A ellas les gustan los grilletes y las vendas, el suspenso y la aventura. Se dan sólo a los valientes y desechan con indiferencia a los cobardes, a los que únicamente pueden soñar con esas grandes llamaradas en la piel y los despiadados terremotos en el sexo.

"Ahora sé qué me atrapa de ti, cretino." —pensó para sí misma Sabina mirando lánguidamente el pecho de su acompañante —"Contigo soy una mujer desconocida, más oscura y perversa, envuelta en un velo de lujuria y sin el más mínimo remordimiento por lo que hago. Me subyuga la idea de hacerte la guerra con uñas y dientes en el granito de tu espalda, en la paz infinita de tu pecho y en tus muslos de roble imperturbable. Pero sobre todo, hacerle la guerra a tu demonio inmortal e inolvidable, en silencio con toda la desvergüenza de mi boca o a gritos con la absoluta irreverencia y complicidad de mi sexo. La pasión no es sino el deseo de dominar un sexo con otro sexo; la carne sobre o dentro de otra carne. A mí no me importa si me quieres o me dejas, sólo me sirves para arrastrarme de los cabellos de un orgasmo a otro, para hacerme sentir un éxtasis divino, tan sublime que es capaz de opacar todos los sentimientos del mundo. No quiero ser tu princesa, ni tu mujer, quiero ser tu puta y que tú seas mi caballero negro. Quiero ser una madrugada, en la semana que quieras, esas manos que escriben mi nombre en tus heridas, en tinta sudada o carmesí. Deseo arrastrar provocativamente mis vellos empapados por tus muslos, por tu vientre, por tu pecho y tu cara. Sentarme en cuclillas a merced de tu boca y obligarte a lamerme hasta venirme en tus labios, hasta que puedas ponerle nombre a cada uno de mis vellos privados. Me urge que tus dedos me señalen como la puta de sus fantasías, que me exploren, me penetren y me profanen, que preparen mis nalgas para recibirte completo, hinchado, palpitante y empapado de mis propios jugos lujuriosos. Ansío que me metas los dedos en mi sexo o que talles mi clítoris al mismo ritmo que te ensartas entre mis nalgas paradas. Me diste la bienvenida a tu mundo de sombras y perversión, me entregaste a otros labios, con ese placer masoquista y ególatra de dejarme en otras manos para obligarme a extrañar el sabio calor de las tuyas. Ahora gozo al exhibirme para ti, mi maestro, mi demonio silencioso, que observes como todo este cuerpo que estrenaste en nuestro mundo, lo disfrutan otros al igual que tú. Quiero sentir tu mirada clavada en el sube y baja o en el ondular rítmico de mis caderas sobre otro macho, sobre su instrumento tieso y enardecido por mis deseos más descarados y demandantes. Que veas sus rostros, anónimos como los de todos mis hermanos de culto, transformados por el placer de sentir mis entrañas apretujándolos, chupándolos, arrancándoles hasta la última gota de semen. Me excita pensar que puedo provocar tus celos, despertar tu naturaleza de macho y que me reclames sólo tuya, que en un arranque de furia, te ligues a golpes con otro por declarar territorio tuyo mi vagina, que enceguecido de coraje te masturbes con mi boca y me colmes con tu leche, te derrames y te escurras por mis labios. Que me pongas mil nombres, que me llames tu puta o tu hembra, pero tuya. Que no sea suficiente con esas migajas de provocaciones y rápidamente estés listo para abrirme de piernas, ponerme de espaldas, en cuatro, boca abajo o como tú prefieras y que te ensartes con fiereza entre mis labios ansiosos de tenerte arropado. Te recompensaré con mis mejores gemidos, te jadearé excitada pidiéndote que no pares, te acompañaré en tu desquite, en el desahogo de tus celos y recibiré las balas de tu furia en mis entrañas o sobre mis nalgas. A mi lado, cretino, no necesitas razones para saberme tuya, las necesitas para aceptarme de tu propiedad y hacerte responsable de mis orgasmos."

Sabina exhaló el humo del cigarrillo para dar por terminados sus pensamientos.

— Lo que me gusta de ti, Sabina —dijo Nick en voz alta como si leyera su mente; el mismo demonio de los labios de navaja, acostado y desnudo sin otra sábana que la pierna de ella sobre su satisfecha cadera, —es que eres soberbia, descarada y sensual, tan parecida a un tango argentino.

En la amplia cama de un motel de lujo, de los que abundan en las grandes ciudades, estaban tirados y vestidos solamente por sus instintos agotados, Sabina y el hombre de los labios de cuchillo. En la mesita de lado quedaba un cuarto de botella de vino tinto, dos copas en las mismas condiciones y un cigarro manchado de labial rojo, consumiéndose lento y abandonado. Su pelo largo y oscuro le caía sobre sus senos mordidos y marcados por los dientes de Nick, que le había soltado el nombre en una de aquellas veces que había roto el silencio bajo la tortura desalmada de la boca de Sabina. Quien una vez conseguido tenerlo a merced de sus encantos alejado de la hermandad, no dudó en intentar usar todos los recursos a su alcance para desnudarle más secretos. Pero el cretino era un hueso duro de roer, después de seis meses en el club de Nick, únicamente había logrado sacarle el nombre de pila, un número de teléfono móvil y verse a escondidas del resto de sus hermanos oscuros en algún viernes espontáneo e inesperado. Al menos cogemos casi toda la madrugada, se consolaba cuando lo veía irse por donde había llegado. Se marchaba en su propio auto, jamás lo estacionaba demasiado cerca y se cuidaba mucho de dejar alguna pista que lo pusiera a descubierto. Una mujer obsesionada y más tenaz que Sabina le habría seguido o puesto un marcaje más estricto. Pero para ella, aquello era un juego con reglas especiales, se trataba de hacer que el proporcionara la información por su propio gusto y Sabina respetaba el sabor de sus derrotas y lo aceptaba como un resultado justo en aquella esgrima de voluntades y recursos sexuales.

Desde el episodio en el subterráneo, Sabina había sentenciado que, pasara lo que pasara, no habría de agregarlo a su lista de parejas sentimentales, ni echarlo al mismo costal de decepciones y fracasos amorosos. Le gustaba para aprender de él todo aquello de lo que hasta ahora se había privado en materia de lujuria, de búsqueda y exploración sexual. No le bastaban los encuentros con su hermandad secreta, sino que lo quería a su disposición para ella sola, no por amor, ni por celos, por el sentido de lo práctico, por simple placer egoísta. Sabina sabía que estando a solas con él podía conocer otras facetas de aquel demonio con sabor a condena. Buscaba sacar a un animal de piel distinta al que salía a pasear con la manada y lo quería en observación exclusiva y accesible para mostrarse sin la máscara de líder, más vulnerable y entregado, más hombre que deidad.

KILÓMETRO 13. PRELUDIO

"I smile when I'm angry.
I cheat and I lie.
I do what I have to do
to get by.

But I know what is wrong,
And I know what is right.
And I'd die for the truth
In My Secret Life."

Después de semanas de darle una vuelta, luego dos, hasta que al final ya no supo cuántas vueltas fueron, que para no decirle amor tuvo que llamarle obsesión. Hasta ese momento Max se percató de un pensamiento que aparecía recurrentemente en su cabeza, como la pegajosa tonadilla de una canción de moda, como el insistente estribillo de un comercial que se cuela al subconsciente aún en contra de nuestra voluntad. Era el recuerdo de la chica en el Latitud 40°, la de la sonrisa eterna. Valiéndose de inoportunos silencios, su subconsciente evocaba la naturalidad de su constancia al sonreír. Acariciaba con la benevolencia de la idealización y del tiempo transcurrido aquel aire entre inocente y perverso del semblante de la chica. Era entonces que un Max consciente, cerraba los ojos para mirar de nuevo su rostro blanco, enmarcado en una negrísima cabellera, como una de las brujas de Salem condenadas por el simple hechizo de su belleza. Los labios de su boca eran un par de botones de rosa a punto de florecer, con unos ojos de un color indefinible a la distancia, pero vivaces y coquetos.

Sí, la recordaba más de lo que hubiese estimado hacerlo con cualquier mujer que se hubiese cruzado por delante de sus pasos. Se burlaba de sí mismo: ¡Qué posibilidades tenía de encontrarla de nuevo en aquella gran ciudad! Lo desconocía todo de ella. Ni siquiera contaba con un nombre o un lugar de asidua visita para buscarla. Sólo regresaba cada viernes al Latitud 40° cual psicópata enamorado con la secreta esperanza de toparse con ella otra vez, para aprovechar mejor una segunda oportunidad de abordarla y obtener el hilo necesario para no volverla a perder jamás. El uso implícito del concepto eternidad le produjo un escalofrío incómodo. Max cortó la línea de pensamiento. Se levantó del sofá donde estaba recostado, fumando un cigarrillo, para dirigirse al bar a prepararse un trago.

La sala del departamento de Max estaba acondicionada en el sentido práctico de todo hombre soltero y con el espíritu de un lujo discreto y moderado para no llamar demasiado la atención. La pequeña barra era de un negro cenizo elegante, aunque las paredes eran de un color cobrizo disimulado. Las botellas no estaban a la vista, sino que estaban resguardadas en la parte superior de la barra en una vinera con capacidad para veinte botellas; había vino tinto, blanco y rosado; el whisky, el vodka y el tequila se almacenaban en un compartimiento bajo la barra. Ocho copas de diferentes dimensiones colgaban por fuera de la parte baja de aquella vinera. Max solía servirse un trago en ocasiones especiales, al regresar del trabajo o antes de salir a comerse a mordidas el fin de semana. Esta era una ocasión especial, se sirvió un Martini de manzana en la pequeña barra y prendió otro cigarrillo para encauzar sus pensamientos hacia un tema trascendental. Esta madrugada la cita con la hermandad de la dama de rojo, más que especial, era única. Pasada la medianoche se reunirían en un lugar acordado y preparado con meses de anticipación para un magno evento.

En las últimas semanas, únicamente los episodios de sexo clandestino y especialmente el tema de "Las lunas de octubre" lograban abstraerlo por completo de su pequeña obsesión de cabellos oscuros, la chica de la sonrisa eterna. Su antigüedad en el club garantizaba a Max su participación y le permitía saber más acerca de aquella celebración tan esperada.

"Roxanne", la chica del bosque de los castigos, le había confiado que cada otoño decenas de coches se allegaban a un punto de reunión secreto, un espacio al aire libre escogido especialmente para la celebración de "Las lunas de Octubre". Decenas de rostros anónimos se daban cita para formar duetos, tríos y todo tipo de combinaciones imaginadas en las que se mezclaban integrantes de los diferentes clubes de sexo clandestino que había en la ciudad, la ocasión era tan importante que incluso llegaban de visita clubes de otras ciudades.

Max supo además, que la idea de aquella celebración anual había sido del mentor de la dama de rojo, quien era el líder de otro club de sexo clandestino. Esa revelación fue —por sí sola— una gran sorpresa. Hasta ese instante, a Max no le había pasado por la cabeza que pudieran existir otras organizaciones secretas como el club de la dama de rojo. Sin contar que la existencia de un mentor y de otros clubes explicaba muchas cosas sobre Sabina, los rituales y sus hermanos de aventura. Le daba a Max material de otra naturaleza para el análisis en torno al evento de "Las lunas de octubre" y sus líderes.

A medio consumo de su bebida, Max se encontró a sí mismo observando las paredes de su departamento, pasando la vista por el cuadro con motivos del Quijote que adornaba la sala. Era una buena copia de una de sus obras favoritas de Dalí, hecha por un pintor amigo suyo como un encargo especial. Como en tantas otras ocasiones su espíritu se relajó con la añoranza de los molinos de viento, sus blancas nubes arremolinadas en un cielo intensamente azul parcialmente despejado. Parado sobre un pasto verde, el Quijote, extraviadamente envalentado hacía frente a un gigante con brazos en forma de mariposas. Despacio, la mente de Max se desvió en retrospectiva hacia lo que había sucedido en los meses pasados desde su improvisada afiliación en Ruben's a un club tan secreto como excitante. Si a nivel local le sorprendía la naturaleza de su propio clan del sexo, no podía imaginarse cómo sería la experiencia colectiva entre varios clubes en un aquelarre como "Las lunas de octubre".

Lo cierto es que no cabía ninguna duda que los líderes debían mantener algún método de comunicación entre ellos. En una ciudad con millones de habitantes como la suya y con clubes tan reducidos en su membresía como lo eran las sectas de sexo voyerista, era esencial que contaran con un medio de comunicación más efectivo que las noticias de boca en boca; tomando en cuenta que hasta ahora no registraba en sus recuerdos a ningún invitado que se asemejara especial o denotara pertenencia a otra secta. Quizá el pelón de la broma en el bosque de los castigos se escapaba de vez en cuando a otros clubes con la aprobación de su reina y después regresaba a su propio clan como quien regresa a casa luego de una fugaz escapada a una ciudad vecina. A las citas semanales se sumaban ocasionalmente algunos elegidos por la dama de rojo, como aquella chica que llegó al Estadio Mayor, con su carita de gacela asustada y sus orgasmos callados y extendidos. Vaya suerte la suya pensó Max, que recién entrada a la hermandad había sido requerida su presencia por la misma dama de rojo para "Las lunas de octubre". Max había escuchado claramente cuando le dieron las instrucciones para que asistiera y la nueva había asentido con una inclinación ceremoniosa hacia su nueva reina, en aquel acto de sumisión como el que había notado repetirse entre todas las mujeres del clan.

"Una conversa más…"reflexionó Max, y la recorrió disimuladamente de pies a cabeza. La nueva integrante no era otra que Emma, la chica que los había espiado a todos cuando la incursión en la azotea de su edificio. Estaba parada enfrente de la dama de rojo. Portaba un vestido de noche color chocolate, su cabello castaño claro estaba cuidadosamente peinado como para asistir a una fiesta de despedida de soltera, no era excesivo ni desaliñado, era simplemente sexy y práctico. Max se preguntó si lo habría escogido pensando en el vuelo de la tela y la comodidad para levantarlo y dejar al descubierto sus secretos. Su rostro dulce era el de esas mujeres discretas que esconden escandalosas pasiones bajo la falda. Aquella su primera noche le había tocado turno con "Armand", quien haciendo honor a su fino tacto y caballerosidad, le había brindado un excitante debut y una placentera sesión de sexo con emociones intensas y el adictivo sobresalto de la clandestinidad, aunque sin grandes complicaciones. Max los había observado replegándose uno sobre la otra contra un poste de iluminación a espaldas del estadio. Los había disfrutado con sus ojos voyeristas, como había hecho el resto del club, tal como se acostumbraba con los nuevos conversos indirectamente en las citas de madrugada, como seguramente lo habían observado a él, dentro de su Jaguar la madrugada del Kilómetro Trece a orillas de una carretera solitaria.

A Max le intrigaba la nueva, parecía una mujer normal,

linda y atractiva en lo suyo, estaba joven y no se veía tocada por la vida, en algún lugar de su mundo debía contar si no con un novio, al menos con varios pretendientes. Sin embargo, aquí estaba en el club de la dama de rojo, entrando mansamente en su propio laberinto del sexo. ¿En qué nivel estaba? Seguramente en los primeros, en unos dos años ya habría recorrido varios escalones en su descenso. Aún no había estado con Max, pero por lo que había observado con "Armand", su repertorio sexual se limitaba a lo básico: era silenciosa, reposada y de orgasmos discretos. Emma, como muchas mujeres acostumbradas a reprimirse, se mantenía sometida a los recursos de sus amantes o de los propios; quizá porque les habían inculcado que así debía ser la sexualidad, algo privado y discreto. Mujeres que habían aprendido la forma de tener sexo, pero no habían aprendido la libertad sexual, la entrega total a los sentidos, sin represiones sociales o inhibiciones de género. Vírgenes en lujuria, en la transgresión de los límites del placer y los tabúes de una sociedad puritana y de doble moral. Mujeres cuya mayor audacia era masturbarse en compañía de la luna.

Max no cuestionaba los motivos de la dama de rojo para incluirla, el simple hecho que estuviera ahí era suficiente mérito para pertenecer al club: Si estaba ahí era porque había renunciado a las cadenas de la moral. Pensó en la chica de la sonrisa eterna, era menor que la nueva conversa, pero ya había visto en sus ojos la chispa de esa misma curiosidad sexual observada en Emma: el cambio en la mirada de quienes han dado una mordida al fruto del árbol prohibido y quieren más.

Los seres normales no necesitan de un clan del sexo para explorar su sexualidad, es suficiente una pareja con las mismas inquietudes sexuales, dispuesta y valiente para probar nuevos placeres y para sortear sus propios límites. Algunos matrimonios y parejas con mucho tiempo juntos alcanzan este estadío de exploración y conocimiento mutuo, buscando huir de la rutina marital. Otros se limitan a repetir las mismas prácticas de la piel hasta volverse expertos en ellas. Muchos más se salen del lazo conyugal para explorar y perfeccionar sus recursos en otros brazos.

Max se retorció de celos en los callejones de su mente al

imaginar a su amor imposible descubriendo en aquel hombre de labios delgados que la acompañaba en el Latitud 40° el acceso a ese mundo clandestino y adictivo. Deseó haber sido él quien la descubriera primero, haberla tomado de su mano y acompañarla a recorrer aquel tortuoso laberinto de placeres sensoriales y emociones intensas, de orgasmos liberadores y gemidos desconocidos. De nueva cuenta aquella añoranza hacia el "hubiera", hacia lo que no ha sucedido, hacia el nudo atrapado en la garganta. Max apuró el resto de su Martini y se alistó para dejarse abrazar por la noche. En unas horas estaría participando en "Las lunas de octubre", ahí estaba la excitación animal, aquella maravillosa corriente de adrenalina en sus venas que era todo lo que necesitaba para sentirse vivo y olvidarse de amores imposibles y sonrisas eternas.

***

Después de un año, Sabina se vestía pensando en ser desvestida por los ojos de Nick, su demonio de labios de navaja. No habían vuelto a verse desde la última vuelta de la luna al sol, desde su última celebración en octubre. Tan sólo algunos esporádicos correos electrónicos le permitían saber que seguía vivo y activo en su clan. Unas semanas antes la mensajería le habían traído las invitaciones a la inminente reunión anual para hacerlas llegar a sus discípulos. Desde entonces un nuevo velo de excitación humedecía su ropa interior cuando pensaba en esa noche. Inconscientemente se llevó la mano al pecho frente al espejo, para sentir el aumento de sus latidos y acariciarlos con la punta de los dedos, como quien se encuentra con gusto y cariño con un viejo amor en la calle. No era amor lo que sentía por Nick, al menos no aquel tipo de amor de la literatura o en el sentido popular. Era una mezcla extraña de gratitud, lealtad, cariño, admiración, respeto, pasión y querer, si eso no era amor, entonces era algo muy parecido, aunque Sabina desconocía cómo llamarle a ese sentimiento.

Antes y después de Nick, Sabina no había conocido a nadie que se le pareciera o que, al menos, llenara sus zapatos. Mucho menos que sacudiera sus entrañas con sólo mirarla, con apuntarle con esos ojos de tijera que cortaban cualquier vestido que cubriera su piel hasta hacerla sentir desnuda. Esta noche lo vería de nuevo, quizá con más canas en ese cabello negro pulcramente peinando a todas horas, incluso cuando deshacían las sabanas en las madrugadas de un motel. Volvería a sentirse traspasada por sus ojos fríos y desarmada por las dagas de sus labios.

Cuando Sabina fue ungida por Nick para formar su propio club, no imaginó que era también su despedida, la manera de decirle adiós y entregarle la llave de su propio laberinto. De cualquier manera, Sabina había intuido rápidamente que él era un amor imposible. Más allá del club del sexo, Nick tenía otra vida, un mundo privado al que debía el resto de su existencia. Oh, sí, una mujer sabe cuándo un hombre pertenece a otra, aunque él no se lo diga, ni tampoco use anillo, lo sabe en sus modos, en sus horarios, en su manera de prestar atención a la discreción de los detalles, en la forma como cuida el acceso a su corazón. Nick, su demonio de ojos silenciosos, fue suyo muchas noches dentro y fuera del clan, y para Sabina, eso había sido suficiente. Le dijo adiós sin nostalgias, sin dolor, como quien se despide del verano sabiendo que es inevitable la caída del otoño.

El vestido escarlata que portaba Sabina esta noche era un beso del diablo en la mente de quien la observaba. Provocaba flamas espontáneas en los ojos de cualquier hombre, pero Sabina estaba interesada únicamente en calcinar la vista de un demonio enamorado del fuego. Le echó un último vistazo a la mujer en el espejo, su cabellera de gitana estaba suelta, sus labios de color rojo relampagueaban como tormenta en ciernes y sus pestañas eran de negro abismal. La tela plisada de su vestido cubría tres cuartos de su cuerpo, dejaba al descubierto las piernas a partir de las rodillas y arriba de la cintura estaba un escote descarado con dos tiras cruzadas y amarradas al cuello, cada pliegue de tela atrapaba individualmente uno de sus senos, como manos grandes de hombre. Sabina tomó del tocador una botella de Chanel y roció un poco en sus orejas, cuello y muñecas. Sabina era peligrosa en cualquier momento, pero esa noche estaba armada para derribar un ejército de hombres con la simple percepción de su respiración bajo el pecho en aquellas lunas de octubre.

***

Es imposible romper un corazón sin cortarse con los pedazos en la huida, pensó Emma. Varios días antes, sentada enfrente de su novio y de una taza de su querido capuchino, había tomado impulso y le había soltado las fatídicas palabras: "tenemos que hablar". En el tiempo que duró Emma en beberse su café y explicar sus razones, no hubo un gesto en el rostro de David, su novio, que denotara su estado de ánimo. Tomó la noticia del rompimiento con madurez y tranquilidad, agradeció a Emma su sinceridad y se despidió con un "hasta pronto" que ambos sabían era únicamente un eufemismo para decir "hasta nunca". Emma lo miró marcharse con la dignidad intacta, no había demandado una nueva oportunidad ni se había rebajado a preguntar si había alguien más. Ambos sabían que entre ellos la necesidad había sido siempre más fuerte que la química, el miedo a la soledad los había juntado y ahora la hermandad de la dama de rojo los separaba, aunque esto fuera ignorado por él. Emma se sentía imbuida de una energía sin límite, dueña de su cuerpo y sus sensaciones como nunca antes, segura de lo que deseaba y de que en ese futuro a corto plazo no había lugar para el amor condicionado de David.

Emma quería entregarse por completo a sus hermanos de placeres y dedicar el resto del tiempo a disfrutar su nueva libertad, retomar algunos proyectos, renovar su guardarropa y cambiar de hábitos. La felicidad le brotaba por los ojos, había un brillo tal de satisfacción en ellos, de mujer bien cogida y plena sexualmente hablando que nada podía opacar aquella luz. En su cabeza no había espacio para el remordimiento por la separación con David, ni para el alejamiento que empezaba a mostrar con todo lo que hasta ahora la había caracterizado.

Emma trabajaba como asistente en una clínica de radioterapia, su trabajo consistía en llevar la agenda de los pacientes enfermos de cáncer que iban a tratamiento, cobrar los servicios, realizar los depósitos y en general era responsable de todas las tareas administrativas de la pequeña clínica. La labor más difícil era el continuo contacto con la proximidad de la muerte, el sabor amargo de la derrota y la corrupción de la inocencia en los niños por el ángel negro. No era de extrañar que necesitara una válvula de escape para todas las emociones que se apretujaban en su pecho por la naturaleza de su trabajo. Aquella montaña rusa de estados de ánimo cambió por completo desde su ingreso al clan de la dama de rojo. Emma había conseguido un equilibrio que ni la religión, ni el yoga, ni el amor de David u otras parejas habían podido brindarle. Se reconocía a sí misma alegre y de buen humor, incluso excitada en los momentos más inoportunos si sólo evocaba el recuerdo de alguno de los tórridos momentos almacenados en su memoria, de aquellas sensaciones tatuadas en su piel y escritas para siempre por las fricciones en sus entrañas.

Como toda nueva conversa, su pasión era profunda, insaciable y desbordada. Pasaba los minutos a solas en su departamento explorando su cuerpo, utilizando sus nuevos recuerdos para potenciar las caricias de sus dedos. Orgasmo tras orgasmo hasta la llegada del jueves, entonces paraba y se abstenía para llegar al sábado caliente y mojada por la expectativa. Su naturaleza seguía siendo callada, pero por dentro de sus venas había huracanes sacudiendo con chiflidos y ventarrones su esencia de mujer. En cada nueva cita con el club secreto, traspasaba pequeños límites autoimpuestos, estaba aprendiendo a tener iniciativa, a dejar libre su creatividad y sobre todo, a hacerse responsable de su propio placer sin atenerse a los movimientos de su compañero en turno. "¿De modo que estás dentro? Déjame ayudarle a mi sexo o al tuyo con mi mano, a disfrutar más tus movimientos de entrada y salida". Aún no se atrevía a gritar y estaba borrando con fluidos de éxtasis, el letrero de puta que había escrito con la tinta del prejuicio la antigua Emma en su pubis.

Este sábado participaría en una especie de evento anual llamado "Las lunas de octubre", no sabía nada acerca de la dinámica, tan sólo le habían entregado una invitación, pero así fuera en el segundo círculo del infierno, ahí estarían ella y sus bragas de algodón.

***

Siempre habrá algo de tenebroso alrededor de los mezquinos, como si los cubriera un velo invisible de rencor hacia la vida y el creador. Sin importar que lo tengan casi todo, habrá algo imposible de recuperar o de sustituir. Pero nunca son tan peligrosos como cuando se sienten desmerecedores de una nueva pérdida. Algo que daban por hecho de su propiedad, hasta que se va de su lado. Quizá un trabajo que se les sale de la bolsa; un amor que se escapa de su fina red de amor y compasión. David había nacido incompleto emocionalmente y aquello lo había marcado por dentro, adolecía de tolerancia al fracaso, su corazón estaba dividido entre las partes reservadas para el rencor y las áreas cada vez más reducidas para el amor hacia quienes le rodeaban.

Están los mezquinos que llegan con las cartas marcadas de nacimiento o que el destino se las cambia en una mala partida, los que las circunstancias los obligan a aprender rápidamente los recursos para no sentirse en desventaja. Están los que luchan por sustituir su carencia con un espíritu noble y perseverante, y aquellos que aprenden las mañas para salirse con la suya, por las buenas o por las malas. A este grupo pertenecía David. Por varios meses había porfiado hasta meterse y quedarse en el pecho y las bragas de Emma. Había utilizado sutilmente todas sus dotes persuasivas y manipuladoras para manejarla a su antojo. Aquella tarde en el café estaba lejos de tirar la toalla, solamente había aparentado calma y madurez ante lo inevitable, pero ya se daría cuenta Emma que había nacido para permanecer junto a él toda la vida. Durante los meses que duró su relación, se hizo a la rutina de mantenerla vigilada, quería estar seguro que no le ocultaba nada, que le era fiel y que podía confiar en ella. Si aquel episodio de la azotea se hubiese desarrollado en cualquiera otra parte, difícilmente habría escapado a su radar. Los días que no veía a Emma, hacía guardia cerca de su trabajo, acompañándola a distancia de un lugar a otro hasta saberla en casa, de donde no se retiraba hasta mucho después que las luces del departamento de Emma se apagaban, por si acaso recibía alguna visita. A veces, cuando estaba vigilando a Emma, le llamaba para saludarla y saber de su boca qué estaba haciendo, con el intento masoquista de atraparla en una mentira.

Este sábado, a media cuadra del edifico donde vivía Emma, dentro de un coche de pintura gastada, estaba David recargado en el asiento del conductor, con toda su atención enfocada hacia su ex novia. Como había estado todas las noches desde el rompimiento con Emma, vigilando, esperando verla llegar al departamento con el hombre por el que seguramente lo había abandonado. Hacía guardia hasta pasada la medianoche y regresaba a la mañana siguiente para verla salir rumbo a la clínica donde trabajaba de lunes a viernes. Los fines de semana la rutina de vigilancia incluía las idas al supermercado, a visitar alguna amiga y actividades cotidianas en las que no había detectado ninguna situación de peligro. David estaba seguro que había alguien, como sólo un macho puede saberlo cuando percibe que su hembra se comporta diferente en ciertas fechas del año.

Aún no había descubierto nada, además de vigilar sus pasos, revisaba su cuenta de correo electrónico en busca de pláticas comprometedoras. Sin embargo, sus esfuerzos habían resultado infructuosos. También había entrado a escondidas al departamento de Emma a revisar alguna evidencia para confirmar sus sospechas, pero tampoco había encontrado nada extraño. Cualquier hombre se habría convencido que no había nada que descubrir, pero la paciencia es una virtud de los que no tienen nada que perder y mucho por comprobar. David había decidido esperar ese sábado toda la noche afuera del departamento de Emma, tenía clavada muy hondo la espina de los celos y eso revestía de creatividad sus hipótesis. Quizá el amante de Emma llegaba de madrugada y se retiraba muy temprano, sí eso era cierto, este fin de semana los atraparía y empezaría a planear su estrategia para tenerla de regreso o para vengarse profundamente de su traición. El silencio de un hombre es peligroso cuando cela o cuando odia, pero especialmente es más peligroso cuando cela y odia a la misma persona.

***

KILÓMETRO 13. LAS LUNAS DE OCTUBRE

A las diez menos diez de aquel viernes, a unas horas de la apertura de "Las lunas de octubre", el Jaguar clásico de Max abandonó el estacionamiento del edificio donde vivía. Había bebido tres Martini y había fumado la misma cantidad de cigarros para acompañarlos. Por sus venas circulaban alcohol, adrenalina y excitación como la triada perfecta para una noche inolvidable. Antes de salir, observó su ropa, vestía impecablemente de negro, saco y pantalón italianos, la camisa era negro suave también europea, con mancuernillas de plata. Sus zapatos negros estaban recién lustrados y usaba un perfume cítrico, con el toque de aventura y peligro que le gustaba transmitir a quien lo oliera. Su rostro estaba perfectamente rasurado y su barba de candado finamente recortada y delineada. Era el prototipo de príncipe oscuro, atractivo como ángel apenas caído y con la incipiente perversidad de un demonio recién convertido.

Aunque la cita era a la medianoche, Max había querido salir con tiempo, la dirección estaba ubicada en una zona alejada de la ciudad y era mejor tomar precauciones. A donde se dirigía era un área de propiedades grandes y con amplios terrenos poblados de arboles y diferentes arquetipos de construcciones diseñadas para días de campo de la clase rica; la única capaz de poseer ese tipo de propiedades. Una sonrisa se dibujó en su rostro al recordar que en su desplazamiento habría de pasar por el KM13, el punto en el mapa de su iniciación, de la noche que se transformó en un converso del clan de la dama de rojo, en un vampiro sexual. Aún conservaba el papel garabateado con el nombre completo de su reina que le había entregado Ricky, el administrador de Ruben's, no había sabido qué hacer con él. Pero lo guardaba como una póliza contra el incierto porvenir.

En el asiento del copiloto descansaba su invitación al evento, era un sobre de color beige, con letras negras de calígrafo en el frente se leía: "Lunas de octubre". En su interior estaba un mapa, un número ¿Asiento? ¿Lugar? Y un listado de instrucciones sencillas. Una fuerte emoción agitó su pecho al pensar en la invitación, en la ocasión especial, aspiró con fuerza al pensar en lo que podría estarle esperando del otro lado del camino.

Recordó con una sonrisa la madrugada que manejaba por esa misma carretera pensando en la misteriosa mujer de rojo que había tomado por asalto sus sentidos a la entrada del baño de caballeros de Ruben's. Lo estremeció la misma excitación intensa de aquella primera vez, desbocada, punzante, se acarició el candado de su barba al pensar en las desenfrenadas sensaciones que disfrutaría esa noche. Después frunció el ceño, en qué tipo de lugar se reunirían todos aquellos hermanos de la noche. Quizá en un pequeño parque en el área residencial al que apuntaba la dirección en la invitación o tal vez en el estacionamiento de un gran edificio. No, no podía ser tan accesible a los mirones.

En la invitación se indicaba que debía usarse un antifaz para cubrir el rostro, ningún invitado sería aceptado sin este requisito. Si no se contaba con uno, habría antifaces genéricos a disposición de cada asistente. Max tomó en cuenta que sólo debían usarse antifaces, nada de máscaras. Los labios debían quedar al descubierto, reflexionó Max, para que dispusieran de libertad y creatividad.

Una mariposa de ceniza salió volando por la ventanilla del Jaguar en cuanto la mano de Max apareció por encima de la portezuela. Aminoró la velocidad para tomar una desviación hacia el punto señalado en el mapa. Las llantas del automóvil entraron en contacto con un camino empedrado y por las ventanas entró el sonido de rocas pequeñas al ser aplastadas y apretujadas entre sí por el peso de las llantas. Otro largo suspiro escapó del pecho de Max. Por fin había llegado el momento que esperaba. Se ajustó un antifaz oscuro por detrás de la cabeza. Era un discreto ejemplar de terciopelo negro con vistas plateadas en los bordes. A partir de ese momento, el espíritu de la aventura se adueñó por completo de sus latidos. Sus labios carnosos dieron una última y larga chupada a la colilla del cigarro antes de lanzarla al pavimento. Con paso lento y seguro abandonó su Jaguar. Un hombre de aspecto imponente esperaba al final del camino, pero no le entregó las llaves, cómo no le entregaría su alma al Diablo, aún sabiendo que a donde se dirigía ya no era necesaria, se entendía que al final del evento, la salida tenía que ser rápida y sigilosa. Max guardó sus llaves y se acercó al tipo malencarado y silencioso, quien revisó su invitación y le señaló con una mano la dirección en la que debía caminar.

En este mundo de máscaras, todos portamos una y muchas veces no es la que todos creen ver. El antifaz no es la verdadera máscara, no es el rostro oculto lo que impide conocer al hombre, si no esa cara postiza que aprendió a portar para hacer invisible el alma hacia los demás. Existe cierto misticismo en el uso del antifaz, los rasgos quedan ocultos para el mundo y el demonio que vive bajo cada piel atisba por detrás del brillo en la mirada, esperando la libertad de ser y la necesidad de estar. Pero la libertad no la da el antifaz, sino la secreta conciencia que se adquiere sobre sí mismo y que se proyecta escudada en el anonimato. Algunos demonios son más reales que nuestras propias caras y para liberarlos hay que saber jugar con fuego. Las conciencias enfermas se revuelven en el fuego de su propio infierno. Sus demonios caminan libremente en su mente, pero los que han mantenido bajo cadenas sus pasiones más bajas, sus deseos más secretos, sus miradas más crueles, sus pasajeros ocultos, para estos rostros normales el antifaz es la puerta de escape, la vereda angosta y desconocida por donde al menos por unas horas pueden fingir que son alguien más, sin saber que ese alguien más es quien habita realmente su piel.

El camino era pedregoso, las suelas de sus zapatos flotaban a milímetros del suelo al pisar las pequeñas piedrecillas tiradas en el suelo que hacían un leve rechinido al ser aplastadas.

Algunas se disolvían por completo y otras solamente se partían en pedruscos más pequeños ante el peso de Max. Sus pasos eran largos y firmes, no denotaban el ritmo excitado con el que su corazón bombeaba sangre conforme se alejaba de la entrada y se dirigía hacia la negra figura de una vieja casona sin luces que se recortaba al final del camino. Sacó un cigarrillo del bolsillo izquierdo de su camisa negra para que una nube de humo le hiciera compañía. Mientras fumaba, Max observó que el camino era de aproximadamente cien metros y la propiedad a la que se dirigía estaba rodeada por arboles grandes que amurallaban la casa, pero también la aislaban peligrosamente del mundo. Un cartel clavado a medio camino anunciaba la venta del inmueble y compartía un número de teléfono para los interesados. Al parecer, la propiedad estaba abandonada, por lo que era el escenario perfecto para lo estaba por ocurrir.

Al llegar a la puerta, encontró dos piezas lisas y gruesas de madera con un picaporte dorado y gastado, con un asidero en cada lado. No tuvo que tocar, el lado derecho se abrió lentamente al tocarlo. Al pasar por la puerta volvió a entrecerrarla y ante sus ojos de gato huérfano quedó un caminillo artificial formado e iluminado con velas en el suelo. Max pudo observar que las velas eran caseras, estaban dentro de botes de metal, estimó que el tamaño era el adecuado para el uso de unas cuantas horas. Las cejas alertas de Max se pasearon por los tres puntos cardinales restantes, pero el recibidor estaba desierto, no había muebles ni personas, sólo unos gruesos cortinajes que impedían la entrada desde el firmamento de la invitada especial esa noche. Seguramente aquellas cortinas estarían cargadas de polvo y arañas, pensó divertido. Todo lo visto hasta ahora le daba la sensación de abandono y soledad, un área perdida en la urbanidad de una gran ciudad, un refugio olvidado por el ruidoso paso del tiempo. Max recorrió todo el pasillo, el aroma a cera quemada se mezcló con el olor a tabaco calcinado,. Le quedaba sólo una chupada más, aspiró con fuerza la última andanada de humo y con cuidado arrojó la colilla dentro de uno de los botes llameantes, lo que menos quería era provocar un incidente con su vicio humeante.

Al final del pasillo estaba otra puerta, el silencio era amo y señor. Max se preguntó como cualquier otro mortal, si no sería —acaso— el primero en llegar a la cita. Sólo tuvo que trasponer la última frontera hacia la clandestinidad para darse cuenta que no estaba solo. Una chica también con antifaz le requirió su invitación y lo llevó de la mano hacia un punto determinado en un gran salón iluminado con más velas caseras. La imagen era solemne, un gran silencio habitaba la sala y sin embargo, decenas de almas hermanas se agitaban dentro de sus envases de piel. Se percibía el aleteo de sus alas en llamas, a la espera de emprender el vuelo rasante hacia la caldera del diablo, un vuelo directo y sin escalas hacia la última trinchera de los sentidos.

En el rellano ocupado por Max no había otros invitados, sin embargo, pudo observar que las demás islas estaban parcialmente pobladas. Consultó el reloj y estimó que aún quedaba tiempo para que lleguen los demás. Se preguntó quiénes serían sus acompañantes, serían nuevos o viejos conocidos de sus aventuras clandestinas a todo lo ancho de la ciudad. Presintió que a pesar del antifaz podría identificar a todos los miembros del clan de la dama de rojo, conocía mejor sus lunares, tatuajes y cicatrices que sus rostros, no necesitaba de sus rasgos para saber a quién pertenecía cada cuerpo, cada acento y cada manera especial de mover el cuerpo. Observó que a su disposición había una antigua silla y una mesa pequeña con vino, agua, y copas entre otros utensilios. Apuntó que en cada campamento había también una réplica de aquella mesa, excepto que en algunas áreas había una banca en vez de silla o bien eran sillones pequeños que denotaban algún origen lejano y usado, en algunas partes sólo contaban con algún taburete de piel.

Faltaban unos cuantos minutos para la medianoche, las flamas flotaban indiferentes en sus cuevas metálicas. Apenas podía distinguirse algo con exactitud a lo lejos en aquel espacio encerrado. Más allá de las siluetas espigadas y las sombras de muebles, todo era agradable penumbra. En cada sección había al menos una pareja, un trío o un grupo más grande. Una música salida de quién sabe dónde llenaba los silencios incómodos. Los ojos, esos felinos curiosos y sin domesticar que habitan las cuencas del rostro de la gente, recorrían sin pena a todo el que se encontrara a su alcance visual. Todos ahí eran cazadores anónimos escondidos detrás de un antifaz, vampiros de los sentidos, prisioneros del placer. El voyerismo empezaba desde ese momento, recorriendo con la mirada al compañero de al lado, al de enfrente y al de más allá, si era posible. Las mujeres eran sirenas modernas vestidas para encantar. Los hombres estaban elegantes y soberbios, como leones maduros aguardando un festín.

En el aire se mecía distraídamente una mezcla embriagadora e inconfundible, el aroma sutil a deseo de las mujeres, ese olor al que Max era adicto, como el resto de los hombres en aquel lugar. Ese perfume de efecto violento que se colaba inconscientemente hasta alcanzar y sacudir el instinto primario de todos aquellos machos anónimos. Sus narices se ampliaban para captarlo sin darse cuenta, su carne impaciente se revolvía pensando en conocerlo en forma líquida. Inadvertidamente. las piernas femeninas temblaban de excitación prematura y dejaban escapar su mensaje silencioso en busca del receptor adecuado. Algunas de ellas descansaban recostadas en algún camastro, lánguida y sensualmente. Las más inquietas, se retocaban el maquillaje al descubierto debajo del antifaz o practicaban cualquier otra actividad que les permitiera mantenerse discretamente ocupadas mientras esperaban la señal. Todas eran hijas de la noche, conversas de algún clan, quienes conocían los códigos callados, de pocas palabras y mucho lenguaje corporal. Se mostraban provocativas, con cada parte de su anatomía en estado incitante y desafiante a los mirones, como si sus muslos únicamente aguardaran la llegada de una mano tibia o de unos labios sabios que los despertara de un letargo húmedo para entregarse al visitante. Un trance en donde un roce era todo lo que faltaba para romper el hechizo de la inmovilidad. Esa sensualidad en reposo era captada puntual por los vampiros de pantalón negro que afilaban sus colmillos invisibles y mantenían los sentidos en estado de alerta. El pasajero oscuro detrás de cada antifaz disfrutaba la fantasía de desnudar a la mujer de enfrente, de removerle cada prenda que estorbara para el contacto imaginario de su boca con su suave y embriagante piel. Algunos bebían una copa, escudados en su anonimato olían el vino, mezclándolo con el intenso y provocativo aroma a mujer que espoleaba su instinto. Sorbían lentamente su trago, paladeando y sustituyendo en su mente aquel sabor a vid por otro más exquisito y adictivo, el sabor a hembra en celo. Dispersos entre los concurrentes estaba todo el clan de la dama de rojo, con diferentes parejas, algunos en un trío y otras como "Roxanne", la chica del bosque de los castigos, en grupos más amplios. En la vieja casa todo estaba dispuesto para el arranque de aquellas "Lunas de Octubre".

***

Si alguna vez Max había estado presente en la demolición de un edificio, el sonido de todas aquellas toneladas de escombros estrellándose contra el suelo no era nada comparado con el estruendo de su corazón en ese momento. Las paredes retumbaban dentro de su pecho, como si estuvieran desmoronándose piso tras piso. A sólo siete metros del sitio que la invitación le había asignado estaba ella, la chica de la sonrisa eterna. Aunque portaba un antifaz, aquella sonrisa era inconfundible para la cámara fotográfica de su memoria. Su antifaz era gris oscuro con lentejuelas doradas en el contorno y unas plumas pequeñas en cada lado. Combinaba a la perfección con una falda negra con distintos niveles de holanes, la traía colgada a media cadera y le dejaba al descubierto cada centímetro del perímetro de su cintura, le notó un piercing en el ombligo y sintió un respingo en su propio vientre al constatar que era de las mujeres que no temen entregar su cuerpo a un dolor transgresor y pasajero. A la mujer de la sonrisa eterna se le escapaba la juventud por todos lados. Su blusa era un top color hueso, amarrado por cordones detrás de la espalda. Parecía lista para dar un paseo por alguna playa nudista y que aquella ropa que la cubría era sólo un disfraz del que se desharía en cualquier momento. Su cabellera negra y ondulada estaba suelta, pero sobre su cabeza había una banda del mismo color del top que le mantenía los cabellos acomodados hacia atrás, cayendo uniformemente sobre sus blancos hombros al descubierto. Había un aire curioso en su rostro y su sonrisa aparecía sólo por flashazos, quizá porque estaba sola y esperando a quienes fueran a integrar su grupo. Aquella soledad en penumbras no le privaba de motivos para sonreír como acostumbraba, lo hizo una vez al mirar hacia donde Max la devoraba a través de las rendijas de su antifaz.

A Max, jamás una distancia tan corta le había parecido tan abismal. Era impensable romper las reglas para abandonar su lugar y abordar a otro participante en su sitio, no sin invitación previa, no para un primerizo en "Las lunas de octubre". Tantas semanas acariciando la oportunidad de volver a encontrarla y ahora que se le presentaba tendría que verla entre los brazos y los dedos de alguien más.

Al espacio de Max llegaron dos mujeres a interrumpir su

tragedia, una de ellas vestía de rojo escarlata, la otra de blanco inmaculado. Con ironía pensó que tendría a su cargo todas las mujeres que un hombre necesita para sentirse rey y a pesar de eso, le faltaría aquella que lo reducía al papel de esclavo. Se reprendió a sí mismo por dedicarle tiempo a una quimera, a un objeto romántico, quizá más hermoso y sensual que cualquiera, pero de todas formas tan imposible como idealizado. De pronto una verdad cimbró con fuerza todos sus razonamientos. ¡Ella estaba aquí!, en su propio mundo clandestino, era casualidad o algo llamado destino quien se empeñaba en juntarlos. No la encontró en la calle, ni en una oficina, no fue a la salida de Ruben's ni en las visitas semanales al Latitud 40°, si había alguien escribiendo aquellos renglones de su suerte, sin duda se había esmerado en juntarlos con los de ella, la de la sonrisa eterna. Alguna razón escondida debía haber en aquella aparente coincidencia y Max, que a pesar de todo tenía la paciencia del cazador experimentado, sentía que desde ese instante sólo era cuestión de esperar y aprovechar la oportunidad.

Sabina buscaba al pasajero oscuro de sus pensamientos entre los silencios, esperaba reconocerlo entre todos aquellos rostros enmascarados y si acaso no lo descubría antes, sabía que lo vería detrás de un antifaz en la bienvenida a "Las lunas de octubre". Quizá lo invocó al pensarlo, como sucede con ciertos demonios que aparecen entre sueños al pensarlos antes de irse a la cama.

En lo alto del techo, a través de un enorme vitral se observaba una luna majestuosa. La madrina de aquel evento llegaba puntual a su cita a bendecir a sus discípulos. Un canto en una lengua desconocida y con sabor ancestral empezó a escucharse desde una esquina al fondo del aula, fue subiendo de volumen hasta quedarse a soto voce, como el eco lejano de decenas de voces anónimas, como si fueran los acentos callados de todos los presentes. Las luces bailotearon insolentes desde sus escondrijos anticipando un cambio. Hombres y mujeres guardaron un silencio ceremonial, alertas, sumisos, entregados en cuerpo y alma a la ocasión. La mezcla de perfumes se hizo más palpable, los sentidos se agudizaron ante la escasa luz y la ausencia súbita de sonidos residuales, las pupilas de felinos se dilataron para no perderse detalle. En algún punto cercano al centro de la casona, se encendió una nueva llama, tenue y temblorosa como las demás, proyectando su luz hacia un hombre envuelto en una capa larga y oscura con hilos plateados en los bordes que fulguraban al compás de la flama. Un antifaz reluciente como la luna del ventanal le ocultaba el rostro. Se hallaba franqueado por dos mujeres cuyo antifaz apuntaba hacia el suelo en señal de sumisión y respeto. No había un sólo ser que no estuviera mirándolos en aquel momento. El hombre juntó ambas palmas de las manos a la altura de su frente, como si fuera a emitir un rezo y su voz se escuchó claramente por doquier a pesar de ser apenas un ronco murmullo:

— Hermanos del placer, la luna honra y bendice con sus rayos nuestra ceremonia. Ha venido a agradecer cada una de las noches que le hemos dedicado glorioso tributo a su hechizo con nuestros cuerpos —dijo el hombre del antifaz.

Acto seguido, las dos mujeres sin levantar la cabeza y con los ojos cerrados se arrodillaron al lado del hombre, quien posó sus manos sobre sus cabezas y agregó.

— Entreguémonos al poder de su luz, que la noche nos impulse y nos permita volar en la libertad de la piel y de nuestros sentidos.

Las manos de ambas mujeres empezaron a reptar por los tobillos del hombre, escondiéndose bajo la capa que lo cubría, por dentro de la tela los labios de ambas mujeres iban recorriendo sus piernas, besando y acariciando cuesta arriba, por fuera de la capa era evidente lo que hacían. Cuando una de las mujeres alcanzó la entrepierna del demonio de labios de rendijas, el resto de la congregación imitó sus movimientos, como si fueran una manada de pájaros en pleno vuelo y cada quien supiera hacia donde volar, todos los presentes buscaron al compañero de al lado.

—Bienvenidas, Lunas de Octubre —finalizó el hombre. La mujer había encontrado lo que buscaba dentro de su pantalón.

La música se mezcló con los murmullos generalizados que regresaron por doquier. Decenas de hombres y mujeres se movieron en una escenografía orquestada y ensayada cientos de veces en los lugares menos pensados, entre los más privados y abandonados por el ojo humano, los puntos ideales para dejarle las jaulas abiertas al deseo. El suelo se vistió de sombras proyectadas por el fuego, retazos de siluetas que rozaban, acariciaban, golpeaban, tallaban y chocaban unas con otras. El contorno de una cabellera se agitaba en el suelo, cambiando de forma como serpientes queriendo escapar de un foso o esperando el descuido de su presa. Objetos de diferentes dimensiones entraban y salían en compases apuntando al cielo o estrellándose en escuadras recargadas en alguna pared. Un himno melódico de gemidos, jadeos y murmullos extasiados flotaba en el ambiente. La dulce agonía, la dicha de la piel, la humedad que libera, el fuego que abrasa. Hombres y mujeres unidos en la más placentera y tortuosa forma posible, a través de la esclavitud del sexo. Un laberinto habitado con decenas de seres con la misma sed, la misma necesidad y entrega por satisfacer el deseo primario de poseer o ser poseído. Entre las paredes del laberinto, los límites se desdibujaban, no había recoveco ignorado, ni había palabras que hicieran falta. El lenguaje de la piel es universal y aquellos vampiros lo manipulaban a su completa voluntad. Colgada en el cielo, la luna de octubre era su deidad, su cómplice y su protectora. Su luz plateada entraba por el techo, mezclándose con la luz dorada del fuego, quizá añorando a su amante ausente, el astro rey. Quizá proyectando su amor imposible, su pasión contenida entre aquellos seres nocturnos.

***

Cuando David vio salir esa noche a Emma del edificio donde vivía, recostado en el asiento de su coche desde el lugar donde montaba guardia, sintió un par de tijeras clavándosele en el estómago, esa sensación masoquista de saber que estaba en lo cierto y todos sus pronósticos se cumplirían uno por uno. Se levantó como picado por un escorpión, el de los celos enfermizos, se acomodó ante el volante y encendió la marcha, obsesionado y alerta, dispuesto a seguirla hasta el fin de mundo. Mientras la discreta persecución tuvo por escenario las calles urbanizadas de la ciudad, el coche de David se mantuvo a una distancia relativamente cerca del auto de Emma, fue hasta que salieron de la ciudad que tuvo que dejar varios cientos de metros de distancia para que no lo identificara. Para su fortuna, el área a la que se dirigían contaba con muchos visitantes esa noche, en cuanto entraron a una pequeña carretera a donde parecían dirigirse los demás vehículos, el compacto de David se mantuvo inadvertido entre todos los demás.

Más que cuestionarse si realmente estaba en lo cierto, lo que ahora más le intrigaba a David era a qué podía dirigirse su ex-novia a esas horas de la noche a un lugar tan apartado de la ciudad y de sus paradas habituales. ¿Por qué llevaba puesto un antifaz? ¿Iba a alguna fiesta de disfraces? Si era así, quería entrar en aquella fiesta y sorprenderla con el hombre que seguramente la estaría esperando con una copa en la mano, aunque Emma ni siquiera bebiera. Colarse a la fiesta, esa era la cuestión, en el portón de entrada había un tipo vestido formalmente y sin antifaz, pero con cara de cancerbero. David determinó que tendría que buscar otra ruta de acceso. Abandonó su vehículo sin hacer ruido y sin denunciar su presencia. Se metió entre unos matorrales, se cerró el cierre de la chamarra y se aprestó a dar un rodeo a la propiedad escudado en el cerco de árboles que la rodeaba.

***

Los ojos de Max, un par de buitres al acecho, no le quitaron la mirada de encima ni por un instante al hombre de la capa oscura desde que abandonó el cuadro de honor acompañado de las dos escoltas femeninas. El trío hizo una breve escala en un cuarteto de hombres y dos mujeres, que recibieron con callado agradecimiento la incorporación al grupo de aquellas delicadas aves nocturnas. El demonio de los labios de navaja siguió a solas su propio camino, admirando durante el viaje las figuras humanas que se acomodaban unas sobre las otras, colmándose de caricias voraces para alimentar aquella hoguera masiva de deseos. Al observarlo detenerse en el punto donde le esperaba solitaria la chica de la sonrisa eterna, Max desvió la mirada a pesar suyo para atender a dos mujeres a su lado que reclamaban sus manos, habría querido castigarse cada segundo admirando a la mujer de la sonrisa eterna y espiando a su privilegiado mentor, pero a "Las Lunas de Octubre" se asistía no sólo a ver si no también a participar.

En ese instante y en otro punto rodeado de velas, una parvada de manos cayó sobre "Roxanne", como cuervos hambrientos, dos veces el número de dedos que la recorrieron en el bosque de los castigos. La despojaron de sus prendas y exploraron meticulosamente cada esquina de sus piernas, sus caderas, su espalda y su pecho. Todos los hombres de ese grupo para ella sola y todos los rincones de su cuerpo nada más para ellos. Entre dos hombres la levantaron en vilo a metro y medio del suelo. Su cuerpo completamente desnudo, sus piernas abiertas y las rodillas dobladas hacia atrás, como hincada en el aire para rendir tributo a una deidad. Un par de labios besaban su boca y otro par lamía directo de su fuente de felicidad. El resto de los hombres le mordía la piel, ellos le besaban las clavículas, los brazos y el vientre. Ella sentía en la espalda y los muslos, los huesos clavados de los brazos que la sostenían y que la mojaban cada vez más con la desbordante sensación de saberse suspendida entre un cielo y un infierno multitudinarios, atrapada y condenada por una abundancia exquisita de caricias descaradas. En poco tiempo, "Roxanne" gemía y se retorcía excitada, no había un rincón de su cuerpo que no estuviera siendo estimulado directa o indirectamente. Con los ojos cerrados detrás del antifaz y las piernas extendidas, sólo sabía que quería más y más. Su piel estaba receptiva y todas sus terminaciones nerviosas sensibles al más ligero atisbo de placer.

Los brazos de un hombre la sostuvieron por debajo de sus axilas, mientras otros dos de sus compañeros la inclinaron hacia abajo, tomándola de un muslo cada uno. Su talle estaba en un ángulo de 90° y su cabellera colgaba como cascada. Los muslos abiertos de la única mujer del grupo quedaron flotando mágicamente en las penumbras, cuando sintió un mazo palpitante descorriendo el velo de su intimidad, profanándola con el filo de su punta, entrando directamente y sin pausas hasta lo más lejano de sus entrañas, para complementar lo que su cuerpo experimentaba. Un hondo gemido de leona cruzó la estancia, el hombre que la sostenía de las axilas la jalaba hacia arriba, ayudado en aquel linchamiento de fantasía por los que le sostenían los muslos, entre todos la dejaban caer directo contra la trampa de carne que la esperaba abajo, turgente, crecida y certera. Mientras los demás hombres del grupo continuaban acariciándole los senos, el vientre y la cadera, una boca le mordía las nalgas por debajo de su fantástico vuelo y una mano con dedos fuertes le estimulaba el punto irreducible en donde terminaba su bosque rubio oscuro. El placer era infinito, sentía que su cuerpo se acercaba irremediable y recurrentemente hacia una sierra eléctrica que la cercenaba exacta en medio de las piernas, para luego liberarla y dejar que se replegara de nuevo para repetir la exquisita rutina. "Roxanne" se derramaba a mares, su éxtasis se escurría líquido por sus ingles para gotear hacia la cara del hombre sentado en las baldosas del piso. El ritmo de su caída cambió, el hombre que la partía en dos empezó a hacer unos movimientos de vibración, a la vez que los otros dejaron de jalarla, sus muslos caían como marionetas sin titiritero. Su cuerpo estaba unido a otro en la más placentera de las combinaciones posibles del rompecabezas humano. El primero de sus orgasmos le mordió las piernas y le arañó las entrañas como garras de pantera furiosa y la hundió en el paroxismo de una entrega sin tregua. Los hombres fueron cambiando de lugar, uno a uno, en distintas posiciones, los orgasmos de "Roxanne" se multiplicaron hasta que ella misma perdió la cuenta en aquella noche interminable, la mejor de su vida.

***

La dama de rojo tomó la iniciativa en su grupo, acostumbrada al mando sentó a Max en una enorme silla colonial y con la ayuda de Emma ambas le quitaron la camisa negra, jalando cada una la manga que estaba de su lado y dejando al descubierto la piel morena clara de un pecho con vello moderado y con un pequeño lunar escondido a la altura del corazón. Le ataron las manos por detrás del respaldo y los tobillos a las gruesas patas de su asiento voluntario, dejándolo completamente a merced de las dos, la reina y la doncella. Sabina se aseguró que el pecho de Max sintiera su cabellera rozándolo al inclinarse para revisar los nudos de las cuerdas que lo inmovilizarían bajo su poder y de que oliera el aroma coqueto que escapaba por su escote al pegarlo contra su antifaz a la altura de la nariz, confirmó el éxito de su estrategia al percibir la barba de Max raspando suavemente la piel que dejaba a la vista su vestido y sentir la respiración tibia del hombre filtrándose a través de la tela de los tirantes rojos que aprisionaban sus senos, su aliento cálido besando sus pezones.

Sabina buscaba que su nueva discípula entendiera la situación y se dejara llevar por sus instintos escondidos; les diera rienda suelta en complicidad con aquella rara libertad que ofrecen la dominación y el sometimiento. Quería que Emma se sintiera libre para actuar y sentir, para disfrutar de un hombre imposibilitado de responderle o exigirle nada, de marcarle ritmo alguno o de contenerla en ningún sentido. A Max, le regalaba la oportunidad de tener dos mujeres para él solo, excepto que estaría atado, al menos por un tiempo.

Como si hubiese leído los pensamientos de la dama de rojo, Emma comprendió su papel y se ciñó los miedos por detrás del antifaz. Ante sus manos estaba la posibilidad de removerle las cadenas de cientos de generaciones a su hembra interior, al instinto primario de toda mujer para saborear el sexo crudo sin tabúes ni auto-represiones, de sentirlo y disfrutarlo como nunca en su vida. La idea de tener bajo su poder a Max, el hombre más atractivo del clan la prendió despiadadamente, recordó de golpe las noches solitarias en su departamento en las que sus manos fantasearon con el momento en que su cuerpo se abriría para recibir la piel morena de Max y se chupó los labios al percatarse que esta noche se cumplirían aquellas fantasías. Intercambió una mirada de complicidad con su reina, que con una sutil inclinación le cedió la iniciativa.

Emma se sentó a horcadas sobre el regazo de Max, quien podía tener atadas las manos, pero no el resto de sus sentidos, él miraba claramente a ambas mujeres y ahora mismo sentía sobre su entrepierna, removiéndose de un lado a otro, el delicado peso de la discípula nueva. Con una boca cálida y desconocidamente exploradora, Emma iba bajando por el cuello de Max, besando toda la piel a su paso, descolgándose golosa por la manzana en su garganta y clavando ligeramente los dientes alrededor de ella, hasta aterrizar finalmente en la piel poblada de vello en su pecho. Olía tan maravilloso, con esa mezcla a perfume y sudor de hombre. Se encontró a sí misma descarada y sin pudor, mordiendo aquella piel suave y propinándole fuertes y salvajes chupadas ydejándole marcas ardientes por doquier. Estaba usándolo sin miramientos, la cría de pantera estaba probando sus garras con la presa sometida y traída para su aprendizaje. Los labios de Emma fueron bajando por el camino de vello suave que apuntaba como flecha hacia abajo del vientre de Max, indicándole la ruta al sur, él respiraba entrecortadamente y se removía ante las evidentes amenazas de

Emma. Sabina observaba a un lado de ellos, de vez en cuando desviaba la mirada hacia su cretino de ojos fríos que no perdía el tiempo, besaba y pellizcaba las puntas jóvenes de la chica de la sonrisa eterna.

Los labios de Emma se toparon con lo que buscaban a ciegas y dejaron que sus manos retiraran todos los obstáculos entre su lengua y aquel manjar a la espera de su reciente lujuria. Max sintió que le deslizaban el filo de muchos cuchillos por la entrepierna, unas puntas delicadas se movían uniformes sobre la piel desnuda por debajo de su cintura, desde la mata de vello ensortijado en el centro hasta los muslos tensos y expectantes, las uñas de Emma daban vuelta en "U" en cierto punto escogido arbitrariamente y repetían el camino, trazando surcos invisibles de placer sobre la piel de su presa. La carne de Max empezó a demandar otro tipo de atenciones, pero no estaba ahí para exigir, sino para obedecer. Sintió en su nuca dos bultos turgentes tallándose contra su cabeza, supo de inmediato a quien pertenecían, su aroma embriagante pasó por sus orejas para enroscarse y lanzarse por ambos poros de su nariz directo a su cerebro. Como dos depredadores en total sincronía, sintió la boca de la dama de rojo lamiendo el área entre la nuca y el cuero cabelludo y la boca de Emma cerrándose húmeda y caliente alrededor de su carne palpitante y desesperada. Max cerró los ojos, abandonándose al placer de saberse adorado simultáneamente por las dos mujeres, sometido, sí, pero libre de sentir todo aquel placer para él solo. El interior de la boca de Emma era un lago de aguas hirvientes que sólo le dejaban en libertad por unos segundos antes de engullirlo nuevamente. Max la percibía cambiada, dueña de una seguridad absoluta y un control calculado en cada uno de sus movimientos, usaba las manos de manera diestra, lo sacudía y lo estimulaba por distintas áreas, chupaba y lamía disfrutando tanto lo que daba como el placentero estimulo que recibía al saberse al mando de un hombre como él. Sentía la respiración de ella oliéndolo, como hembra olisqueando al ganador del cortejo, extasiándose del olor de su deseo. Sufría dolorosa y al mismo tiempo placenteramente el ataque de su lengua, que salía victoriosa de cada cruzada que emprendía contra su miembro y sus redondos cimientos.

Los ojos de Max echaban vistazos fugaces hacia abajo, para deleitarse ante el espectáculo de aquella boca aprisionándolo y saboreándolo con lujuria. Su boca estaba seca cuando los labios de la dama de rojo vinieron a calmar su sed. Fue un beso lascivo y posesivo, asestado con el propósito de demostrarle que aquello estaba lejos de terminar, sus lenguas se enroscaron instintivamente como viejas conocidas, se besaban largamente, sin importar quien dejaba de respirar más tiempo, la barba de Max irritaba los labios de Sabina, sus dientes le mordían sus labios de pantera. Por un lado, él sentía los besos expertos de su reina y por debajo sentía los besos primerizos de la nueva vampira, que chupaban con hambre. Max sintió en la base de sus cabellos un filo diferente de agujas, las uñas de la dama de rojo se arrastraban por su cabeza mientras lo devoraba con la boca, gimió entre sus labios vagabundos, su cuerpo estaba inmovilizado, a merced de aquellas dos mujeres, pero la estaba pasando mejor que si tuviera las manos libres.

Una Emma que desconocía estaba deshaciéndose de sus bragas con intenciones imposibles de disimular, mientras la antigua Emma observaba silenciosa todo aquello desde algún lugar seguro en el fondo de su consciencia. Emma estaba encendida y sin nada en el mundo que deseara más que montarse sobre aquel sublime espécimen, lo había trabajado con sus manos y su boca, preparándolo para recibirlo entre sus piernas. Se dio cuenta que ya no era ni sería una mujer temerosa de lo que se pudiera pensar de ella por su comportamiento sexual, en el clan de la dama de rojo era una conversa determinada a seguir su nueva religión de placer sin represiones de ninguna especie. Se acordó de la madrugada en la azotea, de aquel deseo malsano, pero consciente, de ser alguna de las mujeres que estaban siendo salvajemente tomadas ante sus ojos y se dejó caer triunfal sobre la plenitud de Max, sin escalas y hasta el fondo de sus entrañas. Lo recibió generosa y extasiada, lo dejó habitar su humedad y se permitió sentir los latidos de su propio corazón mezclándose con los latidos de aquel visitante en su cuerpo. Cuando se sintió satisfecha de su victoria sobre la antigua Emma, se removió sobre él, apretujándolo entre sus paredes mojadas, cercenándose ella misma sobre aquel tronco de piel humedecida y venas suicidas.

Max abrió los ojos una vez más en aquella noche celestial, ante su vista estaba una ardiente y dedicada mujer con el trasero levantado, usándolo para caer y ascender en un ángulo de noventa grados sobre su virilidad, a un costado otra sensual mujer envuelta en tela escarlata le besaba y chupaba las orejas, al mismo tiempo que le clavaba las uñas en la piel tensa de su espalda para mantenerlo en estado alerta con pequeñas dosis de dolor. ¿Qué más podía desear aquella noche sino el tiempo y la energía suficientes para complacerlas? La sonrisa eterna de una mujer prohibida le acomodó la respuesta entre las costillas, como el golpe sordo y bien colocado de un boxeador. Atisbó por debajo de un brazo de la dama de rojo hacia la zona donde había visto a su misteriosa obsesión por última vez y vislumbró su cuerpo de ninfa y sus piernas separadas enfrente de la figura del hombre de la capa oscura, el creador de la dama de rojo, el responsable indirecto de su incursión a aquel clan del sexo, el enemigo directo de sus traicioneros deseos de un amor tradicional. «Maldita sea», pensó Max y se obligó a sí mismo con una embestida hacia arriba de su cadera a ocuparse del momento presente y olvidarse de quimeras y sonrisas de ángeles. El truco del diablo es hacernos creer que enamorarse es cosa de Dios.

¡Maldición, estoy enamorado! se escuchó un grito en la cabeza de Max.

Emma resintió la sorpresiva embestida de Max y abrió sus piernas para sentirla con mayor plenitud, aquel hombre era un delicioso bocado, aún amarrado y bajo su poder sabía hacerla perder el control. Lo sentía cimbrando todo su cuerpo, entrando y saliendo con la fiereza del animal recién capturado, atado de manos pero con las piernas dispuestas a vender cara su entrega. Max usaba sus muslos para levantarse de la silla y toparse enloquecido de celos con la pelvis de Emma, que sin conocer el origen del ímpetu de su compañero se abrazaba a su cuello, oliéndolo y disputándole ese reducto de piel a la dama de rojo. Sabina deseaba soltar las manos de Max para dejar que una de ellas hurgara por debajo de su vestido, sabía que nadie como él para hacerse cargo del placer de dos hembras al mismo tiempo. Se imaginó los dedos de Max aventurándose por debajo de sus bragas, buscando su humedad como pez fuera del agua. Lo visualizó entrando por detrás de sus amplias caderas con dos de sus dedos, penetrándola en ráfagas, preparándola para sustituirlos con algo más. Se imaginó sus manos apoyadas en el respaldo de la silla, volteando hacia atrás para admirarlo entrando por debajo de sus inglés, cogiéndola con todo su potencia de hombre, Max era el mejor ejemplar de su clan y era suyo.

***

Una oleada de asco y repulsión pateó en el vientre a David desde su canallesco escondite, acostumbrado a espiar a la gente, jamás en su vida se había topado con un espectáculo tan depravado y descarado como aquel. Decenas de hombres y mujeres se entregaban unos a otros en las más sorprendentes situaciones. Un puñado de hombres se turnaba para tomar a la misma mujer una y otra vez, como si fuera una perra en celo. Había parejas de sexos opuestos y también del mismo sexo, desnudos o semi-desnudos copulando unos con otros. Parejas de mujeres que compartían y se alternaban al mismo hombre. Gemidos, pieles, sexo, imágenes salvajes y tiernas, juguetes, bebidas, miembros exhibidos sin la mayor pena, mujeres que actuaban como meretrices romanas. David reprimió sin remordimientos la incipiente excitación que intentaba traicionar las raíces de su moral, a la vez que reconocía la malsana ansiedad enredándose en sus vísceras de poseer el poder del rayo para lanzarlo sobre aquellos pecadores escudados en el anonimato de un antifaz para dar rienda suelta a sus bajos instintos. Quería tener en sus manos un arma capaz de ponerle fin a su perversión de una sola andanada y darles un castigo ejemplar y definitivo.

Buscó con desesperación a Emma entre las penumbras, entre aquellos senos desnudos y excitados, entre aquellas caderas que se bamboleaban pérfidamente ante sus ojos abiertos de par en par, pero ciegos, no la encontró. La muy puta, pensó, debía estar con uno o varios hombres entre aquella multitud de cuerpos entregados al pecado. Se preguntó cómo había llegado su dulce e inocente Emma a ese lugar y con aquella gente. ¿Era esa la razón por la cual lo había desplazado de su vida? ¿Para entregarse a la estimulación de la carne? ¿Para rodar de hombre en hombre como una ramera? David, no lo entendía, en su mente no había lugar para un fenómeno como ese. Respiró hondo, al fin había elucubrado la manera de acabar con todos ellos, de librar al mundo de aquel nido de perversión.

***

La mayoría de los asistentes a "Las Lunas de Octubre" no supo por dónde empezó el fuego, ocupados en su propio placer sólo notaron el olor a humo cuando ya las llamaradas eran grandes y humillaban todo a su paso. Las viejas y tristes cortinas que cubrían los ventanales caían al piso encendidas de muerte, y los pocos muebles, quizá abandonados y olvidados por los últimos habitantes, se contagiaban rápidamente del fuego, como si les corriera prisa por volverse ceniza y regresar a la tierra de donde alguna vez salieron. El pánico hizo presa de hombres y mujeres, que despavoridos empezaron a buscar una salida, vistiéndose en el camino, tapándose con lo que podían. Más que asustados por el peligro de las flamas, era el temor de amanecer tras las rejas o en la portada de los tabloides lo que los impulsaba a escapar de la casa. Las llamas aunque lentas, eran voraces y pacientes, besaban todo a su paso, en un beso intenso y fatídico. En la puerta principal se amontaron unos con otros. En cuestión de minutos la percepción de su mortalidad borró cualquier rastro de urbanidad, los que antes se prodigaban caricias y besos, ahora luchaban desesperadamente por su supervivencia. Nada evidencia más la naturaleza egoísta de la humanidad que la cercanía con la muerte. Los miembros de los diferentes clanes se empujaban unos a otros, buscando ser los primeros en salir al aire libre. Pero todo era inútil, la enorme puerta doble estaba bloqueada por fuera y ni la muchedumbre pujante podía hacerla ceder.

Nick miraba desolado y furioso cómo el fuego ponía fin a sus queridas "Lunas de Octubre", deseaba que todos salieran con vida, pero también reducir los daños morales. En su papel de líder sabía que no podía llamarse a los bomberos hasta que todos los clanes se hubieran puesto a resguardo, por lo que cada minuto era angustioso y determinante para prestar ayuda. No tenía tiempo para buscar culpables, probablemente había sido un desafortunado descuido al que no se le prestó atención oportuna, quizá una colilla de cigarrillo o una vela caída había encontrado cómplice en las alfombras y tapices carcomidos por la soledad, una pequeña llama bastaba para alcanzar el desastroso estatus de incendio. Ahora lo que tenía que hacer era buscar un hacha o algo para romper la puerta de entrada. ¿Por qué estaba cerrada? ¿Acaso no había sido accidente? ¿A dónde se había ido el hombre de la entrada? ¿Y dónde diablos estaban sus pantalones y su saco?

— ¡Mierda!

Rugió por lo bajo, Nick, al percatarse que un mueble se incineraba rápidamente a sus espaldas. No temió por su vida, ni tampoco le importaron los empujones recibidos de aquellas siluetas nerviosas que se alejaban del fuego y le impedían concentrarse para buscar su ropa. El humo era abrumador, como esa niebla de invierno que impide la visibilidad más allá de un pequeño perímetro alrededor de uno, excepto que ésta bruma era plomada, lacrimosa y caliente, no sólo dificultaba la respiración, sino pensar con serenidad. Al voltear hacia su izquierda, vio entre el humo una figura de mujer que le tendía algo con la mano. Nick pensó que sería su acompañante, por lo que al acercarse se sorprendió al encontrar a Sabina a su lado en actitud solidaria, con un extraño brillo en las pupilas.

— Hay que poner a salvo los clanes, querido, para eso creo que vas a necesitar esto... —le dijo Sabina, extendiéndole sus pantalones.

Cuando el pánico se desencadenó, Max seguía amarrado a la silla en donde lo tenían confinado sus acompañantes. La desesperación general cundió entre los clanes, casi tan velozmente como se expandió el mal augurio en forma de una nube de humo por todo el lugar. Percibió la voz de la dama de rojo alejándose, al tiempo que le ordenaba a Emma hacerse cargo de las cuerdas en sus muñecas.

Sin embargo, sus esperanzas de verse liberado se derrumbaron como los cortinajes de los ventanales. Emma, en franco ataque de pánico al sentir en el alma las garras de la muerte, corrió como venado asustado, dejando a Max sin desatar. En su carrera pasaba por su mente la desolación de las personas que perdían a sus seres queridos en la clínica y la sensación de vacío que flotaba en sus miradas.

Max quedó abandonado a su suerte, opacados sus gritos de ayuda entre los acentos histéricos de las mujeres y las voces airadas de los hombres que cambiaban su miedo a envalentonados reclamos contra el dedo invisible que los había arrojado en medio de aquella destrucción. Tenía los ojos escociéndole por el humo y percibía a sus espaldas el aliento del fuego acercándose amenazador, ganando terreno entre sus victorias consumadas y las áreas restantes por conquistar con su mortal bailoteo. Por el pecho desnudo le escurría un sudor con olor a sexo y miedo, parecidos en su primitivo e inconfundible grito. Las cenizas transportadas por el humo se le pegaban entre los vellos pintándole canas prematuras. Max sintió por primera vez el cruel latigazo del terror en la espalda, no quería morir en ese tipo de llamas, no de esa manera tan inútil y ridícula.

Trató de quitarse las cuerdas, pero estaban cruzadas con los barrotes del respaldo de la silla colonial en la que estaba sentado, para su desventura había sido ensamblada con madera antigua, de la que duraba medio siglo antes de ser corrompida por el tiempo o las termitas. Forcejeó contra los nudos de su captor tratando de aflojarlos y se alegró cuando percibió que el amarre cedía un poco, pero pronto fue evidente que resultaba insuficiente para liberar sus muñecas. A lo lejos vislumbró los zapatos de la muchedumbre que se arremolinaba en la salida, no habían logrado abrir la puerta y escuchaba sus toses y sus gritos desesperados ante la proximidad del peligro, así como la impotencia e inutilidad para abandonar aquella jaula del fuego. A Max lo invadió un ligero mareo y el traicionero deseo de rendirse. El humo era denso y se dio cuenta que la verdadera carrera por ganar era contra la intoxicación en sus pulmones. Jaloneó de nuevo las cuerdas y se balanceó de un lado a otro tratando de caminar con la silla atada a sí mismo, pero el viejo dinosaurio de madera era muy pesado.

« ¿Dónde estaban sus hermanos de clan o la ayuda que tanto necesitaba en ese momento?», cuestionó en su mente. Para cuando los bomberos arribaran a aquella alejada zona de la ciudad, su cuerpo sería un trozo de carbón de 1.80 metros de largo.

— Parece que no vas a llegar lejos con esa compañera que te tocó en el sorteo —escuchó decir en una voz cristalina de mujer a sus espaldas.

Su aporreado corazón recuperó de golpe la esperanza que empezaba a faltarle. Por fin había llegado alguien a ayudarle. Max sintió unos dedos delgados de uñas largas peleando con los nudos de su prisión, los cuales cedieron ante la superioridad numérica y la posición aventajada de su oponente. Con las manos libres removió la cuerda de sus pies y tan pronto recuperó la movilidad giró la cabeza hacia atrás para darle las gracias a su salvadora. La sonrisa de Max tenía la maña de torcerse hacia un lado en un gesto de picardía y astucia cuando algo lo sorprendía o divertía. Esta vez, el motivo de su sonrisa torcida fue una chica de ojos verdes que lo miraba curiosa, con una sonrisa resplandeciente capaz de competir con el incendio que devoraba aquel lugar en hambrientas dentelladas. Detrás de Max lo esperaba la fantasía que más había soñado en toda su vida. La responsable de su libertad era la chica de la sonrisa eterna y Max no tuvo otra opción que morderse el labio inferior al pensar que le debía una más al viejo y taimado destino.

— Se supone que no debo decirte mi nombre, pero me llamo Sophia —dijo la mujer de la sonrisa de arcoíris y con esas palabras pintó un mural con su nombre en el alma de Max, quien pensó, no podías tener mejor nombre, Sophia de mis suspiros, mis pecados y mis fantasías.

Juntos recorrieron la vieja casona, alejándose de la puerta principal donde se amontonaban el resto de los asistentes tratando inútilmente de derribar la gran puerta de madera en la entrada. La estrategia de Max era sencilla, caminar lejos del fuego y buscar una salida trasera o alguna ventana que les permitiera escapar. La suerte les favoreció más que al resto y ganaron la pelea ante el fuego. Tomados de la mano, en una alocada carrera entre penumbras, fueron abriendo cuanta puerta les salía al paso, hasta que finalmente dieron con una que daba hacia una especie de jardín ubicado en la parte trasera de la propiedad. El área a la que salieron estaba inhabitada por decenas de estructuras secas de plantas y árboles. Aquella casa debía tener mucho tiempo abandonada a su suerte y de no haber sido por el incendio, pensó Max, "Las lunas de octubres" no podían haber tenido un mejor refugio.

— ¿Cómo fue que diste conmigo? —le inquirió Max a Sophia, cuando eran recibidos con los brazos abiertos del aire libre y puro de aquella noche de octubre.

— Alguna vez leí que toda trampa tiene su correspondiente escapatoria —respondió la chica—. Estaba decidida a hallarla cuando me topé contigo, entonces supe que tú eras mi ruta de escape, sólo que estabas ocupado descansando en esa fea silla —soltó una risilla traviesa y Max sintió en aquel sonido una flecha que apuntaba directo a su maltrecho corazón.

A partir de ese momento, todo pasó en forma vertiginosa. El fuego había ralentizado cada acontecimiento antes del escape. Los gritos angustiosos, el calor abrasador, los eternos minutos en la silla, la llegada de Sophia y la ruta a la salvación, todo había pasado en cámara lenta para Max. Pero una vez traspuestos los pies en el jardín trasero, ambos corrieron hacia la puerta principal a brindar ayuda. No había tiempo para pensar o perder. En pocos segundos, Max había retirado los cables para pasar corriente que, sin ninguna duda, habían sido amarrados intencionalmente a los asideros de la puerta de entrada para asestarle una herida de muerte no sólo al inmueble, sino a todos sus ocupantes. Se estremeció al pensar que había una persona en el mundo, dispuesta a quitarles la vida a tantas personas.

En las afueras de la casa, el guardia, una vez que recuperó el conocimiento había buscado inútilmente mantener el orden de la estampida humana que atravesaba a empujones el umbral. Un pensamiento que finalmente había desechado, igual que aquel de ayudar a ubicar su auto a los escapistas que corrían hacia al estacionamiento, ya fuera semidesnudos o con sus ropas a medio acomodar, pero todos con las mismas ganas inmensas por alejarse de aquel lugar. Algunos rebuscaban las llaves entre sus ropas con manos desanimadas, otros se acomodaban los cabellos en un gesto inútil por recuperar la compostura, hombres y mujeres se ajustaban el antifaz para ocultar a los demás los estragos del miedo. En el camino de regreso, el olor a humo en sus ropas les recordaría miserablemente su encuentro cercano con la muerte. Algunos recibirían el coletazo final de la adrenalina ante el peligro sufrido, con asombro reconocerían una tímida corriente de excitación y deseos por hacer el amor.

En el caos de la huida, Max quedó aislado y perdió de vista a Sophia. Lo último que alcanzó a ver de ella, fue que se dirigía hacia donde estaban estacionados los automóviles. A pesar suyo, tuvo que hacer lo propio. Encontró las llaves de su Jaguar en el fondo de su bolsillo, con gesto cansino se dejó caer en el asiento del conductor y encendió la marcha. Sabía que salir de ahí, entre tanto conductor apresurado, requeriría de sus últimas reservas de energía. Max vio a un hombre de hondas ojeras en el espejo retrovisor, con los cabellos despeinados y cenizos, al fondo de aquel rincón alejado del mundo, vio las llamas que iluminaban el éxodo de decenas de coches. La enorme casa ardía ya en grandes llamaradas, el fuego se erigía en el dueño absoluto de la propiedad, en el único y último amante de sus techos y paredes, jugaba candorosamente a su antojo con sus entrañas, las consumía en largas y profundas lengüetadas.

En cualquier momento se escucharían las sirenas de los bomberos y había la posibilidad que los grandes camiones de rojo llegaran acompañados de una patrulla policial. Nadie quería estar presente cuando eso ocurriera, ni siquiera Nick, al que nadie pudo captar internándose en el bosque que rodeaba la casa en lenta agonía, buscando sin saber qué buscar o lo que habría de encontrar. Tenía poco tiempo antes que el lugar quedara en completa soledad y el fuego terminara su obra destructiva o lo hicieran los bomberos con sus grandes chorros de agua. De cualquier manera, determinó el hombre de los labios afilados, el daño moral ya estaba hecho. Tomaría mucho tiempo recuperar la confianza de los clanes para restaurar su grandiosidad a "Las lunas de octubre". Esperanzado pensó que quizá el incendio se volvería una leyenda más para acompañar el mito urbano de los clubes clandestinos de sexo. Nick sabía que el tiempo dirige los días por venir bajo su batuta sabia, pero antes de eso, él tenía un último deseo por cumplir en esa noche infernal.

EPÍLOGO - LABIOS DE ROSA PROHIBIDO

"Just be for real won't you, Baby
Be for real won't you, Baby
No, no, no, no
It's just that I, I don't want to be hurt by love again."
L. Cohen

Aquella mañana podía pasar por un lunes cualquiera, el tráfico de la ciudad era el acostumbrado, automóviles intranquilos con niños rebosantes de energía rumbo a la escuela, conductores solitarios con más ganas de estar bajo una cobija humana que frente al volante, madres solteras, casadas y separadas, profesionistas, gerentes, secretarias y repartidores, todos hermanados por la ley del pavimento y en espera que el conductor de adelante se moviera una vuelta de rueda más.

Dentro de un Jaguar plateado, un hombre fumaba con la parsimonia del desvelado. Un par de sombras debajo de sus ojos, contaban la historia de ¿una obsesión? ¿un capricho? ¿un amor? La línea que los separa es tan delgada que se empieza en alguno de ellos y cuando menos se espera, se está hundido hasta el fondo en uno de los otros. Por la mente de Max desfilaron las cortinas encendidas cayendo como estrellas fugaces desde los ventanales de la vieja propiedad donde los celos del fuego se robaron la noche y la gloria de "Las Lunas de Octubre".

En la sección local del diario "Our Times" encontró una pequeña nota que refería la noticia del incendio en una antigua propiedad en el lado oeste de la ciudad. El inmueble tenía una larga etapa a la venta y estaba abandonado cuando ocurrieron los hechos. La única víctima del siniestro había sido un hombre entre los 20 y 35 años, se estimaba que había sido un velador o vagabundo que usaba el inmueble para pasar la noche. Aunque no se descartaba la hipótesis que quizá podía tratarse del autor del incendio, algún pirómano o delincuente solitario que había encontrado el fin bajo las grandes vigas caídas en desgracia bajo el hambre voraz de las llamas. No encontró nada en la noticia que refiriera a "Las lunas de Octubre", clubes de sexo clandestino o la dama de rojo, aquello eran buenas noticias, después de todo. La hermandad del sexo se hallaba a salvo del morbo popular y en algún momento reanudaría actividades. Un escalofrío recorrió la espalda de Max al recordar lo cerca que había estado de morir amarrado y olvidado en una silla. Si no hubiera sido por la chica de la sonrisa eterna. Sonrío y exhaló el humo de su cigarro al recordarla tomada de su mano mientras buscaban por dónde escapar.

Por segunda vez, Max la había dejado ir sin averiguar su nombre completo, su número de teléfono o su dirección. Se maldijo a sí mismo por su descuido, en su defensa encontró el débil argumento que no había mucho por hacer contra una horda de hombres y mujeres escapando de un incendio. Aunque muy en el fondo de su aturdida y agotada consciencia, pensaba que algo debió haber concebido para retenerla a su lado hasta averiguar una forma de contactarla después.

El resto del fin de semana lo pasó en mal estado, tratando de recuperarse de la experiencia, durmiendo poco, comiendo menos y fumando más. Sentía una prisa desconocida carcomiéndole el pecho, un deseo irrefrenable porque llegara el lunes, como si tuviera la sospecha de que en algún andén, un vagón estaba por partir llevándose consigo su capacidad para seguir respirando. A un cigarrillo le había seguido otro, a un sueño en vigilia le había sucedido otro más inquieto que el anterior.

En el fondo de su cabeza buscaba una estrategia infalible para acercarse al clan al que pertenecía Sophía, la dueña de la sonrisa eterna y del nombre que ahora llevaba su insomnio. Max presentía que la ruta que podía llevarlo ante ella tenía su punto de origen en el clan del mentor de la dama de rojo. Una idea pálida y pequeña al principio empezó a brillar en su atormentada cabeza.

Eran las nueve de la mañana de un lunes indolente para cualquier conductor atrapado en las redes pavimentadas del tráfico, menos para el hombre vestido de negro que descendía de un Jaguar plateado en el estacionamiento de un edificio corporativo ubicado en el sector más progresivo de la ciudad. Max caminaba con paso decidido, llevaba un café humeante en una mano y en la otra, aferraba un papel arrugado con un nombre garabateado que decía: Sabina Blake. Su primer kilómetro hacia un nuevo destino.

FIN

Créditos

Ninguna aventura que involucre un viaje introspectivo y toque escalas tan diversas y complejas entre ambos géneros puede emprenderse en completa soledad. Durante el trayecto inicial y en los 13 trece kilómetros finales hubo varios acompañantes que hicieron posible este maravilloso viaje y a quienes les dejo en estas letras mi gratitud eterna. Gracias infinitas a todos aquellos seres que día a día dejan trozos del corazón en 140 caracteres en Twitter y de quienes aprendí el arte de compactar las ideas y concentrar los pensamientos en lo importante, sin limitar el sentimiento o la emoción. En mi corazón hay muchas cicatrices que inspiraron algunas de las historias contadas, amores que dejaron un trozo de piel marcado con un beso o un zarpazo, que me han hecho un mejor hombre, un amante más dedicado y un aprendiz perpetuo del amor. Gracias por enseñarme a amar.

Agradezco a Mari Mari sus enseñanzas y sus experiencias compartidas. A Yam su tenacidad y su visión para ver lo que se escapaba a mis propios ojos: la elasticidad y fuerza de mis alas en llamas.

A Ana, su confianza inquebrantable, su amor incondicional y su apoyo constante en todos los días que duró esta aventura en letras.

Mi agradecimiento profundo a todos los que colaboraron con su granito de arena para hacer posible este paseo corto para el lector, pero un gran viaje para el hombre, para el escritor detrás del avatar. Todos los extractos de canciones pertenecen a Leonard Cohen, cuya música fue una maravillosa compañía durante todo este viaje.

Germán Renko

Un Viaje de 13 km

A mis 5 Lectores 7

Prólogo 11

El Equilibrista 15

KM 1   El Beso 19

KM 2   Lo que los Dedos no han Tocado 23

KM 3   La otra tú en la gasolinera 29

KM 4   El espacio se mide en deseos de verme 33

KM 5   Crónica del infierno infiel 39

KM 6   Amén 47

KM 7   La Oscuridad y el Laberinto 51

KM 8   Anillo de Fuego 57

KM 9   Las Fotografías de tu Boda 63

KM 10   El anciano en el cementerio 71

KM 11   La sombra de dos desconocidos 83

KM 12   Carta a M. 89

KM 13

– Ruben's 97

– El laberinto 111

– El bosque de los castigos 113

– La dama de rojo 125

– La sonrisa eterna 135

– Le llamaban Nick 155

– Preludio 167

– Las lunas de octubre 179

Epílogo - Labios de rosa prohibido 203

Créditos 206

GERMÁN RENKO

Con más de 130 mil seguidores en las redes sociales, @ArkRenko resulta un fenómeno excepcional de los conocidos 'Tuitstars', con un lenguaje osado, fresco e irresistible, Renko ha cultivado un ejército de seguidoras femeninas ávidas de sus letras diariamente, así como un fornido grupo de caballeros que lo ven como modelo a imitar o admirar de cerca.

Carismático, cínico, mujeriego, pero sobre todo buen tipo, como él mismo se describe, ha desarrollado un estilo único en cuanto al desarrollo de historias eróticas. Las letras de Renko todos los días se asoman a los corazones fértiles de damas de todas las edades alrededor de todo el mundo. Su fino erotismo impreso ya en papel, era sólo cuestión de tiempo.

Una obra maravillosamente erótica de una calidad literaria notable. ¿Quién ha dicho que no se puede tener lo mejor de dos mundos a la vez?

Pregúntenle a Renko que, con este libro, ha logrado que sus letras virtuales traspasen su campo de influencia de lo virtual a la literatura erótica impresa.

Próximamente

Más best sellers de Grandes Autores de:

Pensamiento Etéreo

POESÍA en VUELO

NOVELA En Escape

TEATRO Imaginario

EROTISMO Vivo

Y

CUENTO INFANTIL Y JUVENIL

CON LAS ALAS EN LLAMAS

3ª. Impresión. Nov, 2014

1ª edición, Febrero 2014

Made in the USA
Lexington, KY
17 August 2015